【天柱 90 后文学现场】

清江唿哨

姚源清 主编

吉林文史出版社

图书在版编目（ＣＩＰ）数据

清江嗯哨 / 姚源清主编. -- 长春：吉林文史出版
社, 2017.6
　　ISBN 978-7-5472-4491-3

　　Ⅰ. ①清… Ⅱ. ①姚… Ⅲ. ①文艺－作品综合集－中
国－当代 Ⅳ. ①I217.1

中国版本图书馆 CIP 数据核字(2017)第 141281 号

书　　名：清江嗯哨
主　　编：姚源清
责任编辑：钟杉　陈昊
选题策划：丁瑞　李丽
出版发行：吉林文史出版社
印　　刷：廊坊市鸿煊印刷有限公司
版　　次：2018 年 1 月第 1 版
　　　　　 2018 年 1 月第 1 次印刷
开　　本：880×1230 　　1/32 　　印张：7
字　　数：220 千字
定　　价：32.00 元

地　　址：长春市人民大街 4646 号
电　　话：0431—86037451（发行部）
网　　址：www.jlws.com.cn

序

袁仁琮

　　我常有这样的担心：受到经济大潮的冲击，浮躁情绪普遍存在，对这种不能立竿见影的文学，会不会从此衰微，一蹶不振？连续参加几次文学活动，才发现这种担心不免多余。我在《新时期少数民族文学作品选·侗族卷》中对侗族文学队伍做过这样的分析："一是解放前即有作品问世，解放后还坚持写作以及解放初期崭露头角而今已步入老年的作家。他们有深厚的生活积累，丰富的人生阅历，创作经验丰富，艺术功底深厚，是侗族老一辈作家。二是进入新时期以后成长起来的作家，他们经历十年动乱、上山下乡、社会转型等等社会变革，阅历比较丰富，思想和艺术把握都比较成熟，作品有一定高度和深度，是侗族文学的中坚力量。三是上世纪九十年代以后成长起来的年轻作者。她们热情奔放，勇于探索，新题材，新视角，新的表现形式，常常语惊四座，是侗族文学的未来和希望。"

《前言》是针对侗族文学队伍说的，用来观照其他民族的情况，可说相差无几。一览《清江嗡哨》，更加证实了我的判断。本书稿共辑录作品 89 篇（首），涵盖政治生活、人生际遇、思乡、寻求感情出路以及文化失落等内容，不能说全部属于上乘之作，总的说能感受到跳动的时代脉搏，作者洞察生活和把握艺术的潜力。有一股清新气息迎面扑来，让人欣喜。姚源清散文《泥瓦匠（外三篇）》述说了哑巴泥瓦匠、唢呐师和爷爷的故事，他们都是极普通极平凡的人，却是那样热爱生活，哑巴泥瓦匠技术是那样高超（《泥瓦匠》），即将被淘汰还乐此不疲地替人吹唢呐的唢呐师（《唢呐师》），为有微薄收入而悉心呵护一株木姜子树的爷爷（《树》），还有无法忘怀的井（《井》），都能让人生发许多联想，勾起许多记忆。思乡是人类最纯洁的感情，很难想象，如果连生养自己的家乡都不缱绻难忘，还能有更为高远的人生境界？秦荣英的《金银花事》表达了相似的情感，值得注意的是，文中主人公小时候能摘金银花加工以后卖钱，少向父母伸手；长大了，不摘金银花加工卖钱了，向父母伸手依旧，在街上卖金银花的人依旧，引发作者一种愧疚情绪，是颇耐人寻味的。

《清江嗡哨》中另一类作品，更多的是寻求感情出路的表达。少年涉世不深，对他们来说，万花筒般的世界无疑是个谜，但这个谜的破译需要时间、经验和智慧，由于方方面面的自然缺陷，孤独、苦闷、彷徨可说是他们成长的必然历程，作者描写了这个历程，对于青年人认识自己，自觉缩短这个历程是有好处的。还有一类写人生百态的作品，也很有意思。失却快乐的疯女人的儿子（《他是疯女人的孩子》外一章），不愿意再过万古不变生活的年轻人（《木犁》）等等，这些篇章，对读者了解社会现实无疑是有价值的。江丽丽的《嫁衣》，叙述了一个勇敢的山乡女孩，和传统势力抗争的故事。照说自由婚姻的主题已经很古老，但妇女要真正解放，还有相当长的路要走，因而，至今写起来，依然有其认识意义。

另外，还想说说诗歌。与散文、小说相比，诗歌有其特殊之处。中国是诗歌的国家，如果连民间歌手加在一起，诗人得以亿计，是中国诗歌发展历史悠久，诗人队伍庞大的标志。就近几年文学样式发展状况看，势头最为强劲的是小说，特别是中长篇小说，散文和诗歌都显得后劲不足。"朦胧诗"曾被青睐一时，因为难读，被汪国真的明白诗所取代，但没能被广泛接受。跟着出现写感觉、感受、潜意识的诗，似乎也未能打开一片新天地。我不写诗，是外行，也颇感彷徨。我想，有那么多青年朋友愿意进行探索，是一件大好事，是值得大加肯定的。

对待文学，特别文学创作，全心全意和始终如一地坚持格外重要。现代脑科学研究成果表明，只要是健康的人，脑细胞总量相差无几，也就是说，聪明程度没有太大区别，之所以成就千差万别，原因在努力程度和颖悟能力的培养。聪明而懒惰不会有多大成功，死用功却不善于思索照样会原地踏步。最厉害乃是既聪明，又努力，还善于思索的那类人。

再是要扎扎实实地打底，打思想的底，知识的底（包括传统文化和现代文化），生活经验的底，艺术技巧的底，十年八年不写，用来打底，底子深厚了，便登上高处，大大有利于认识生活，研究生活，有利于看到社会的深层，人的精神世界。底子深厚了，语言纯熟了，无论写什么，都得心应手。这样，文学创作就不再是这样一种状态：不写的时候想写，写起来力不从心，痛苦不堪。而呈现另一种状态：快乐无穷！

既然与文学有了难解之结，就不必为一时得失所动，增强定力，坚持到底吧，这便是我这老业余作者对青年朋友的期待。

2016 年 8 月 23 日

袁仁琮，侗族，贵州天柱人。贵阳学院教授，贵州省写作学会顾问，贵阳学院王阳明学与地方文化研究中心特聘研究员。1956 年开始发表作品。1997 年加入中国作家协会。著有小说集《山里人》，长篇小说《王阳明》《血雨》《穷乡》《难得头顶一片天》《太阳底下》《梦城》，理论专著《新文学理论原理》，论文集《鳞爪集》，王阳明研究专著《解读王阳明》等。长篇小说《破荒》获第十一届全国少数民族文学创作"骏马奖"。

序二：为自己埋下一粒种子

甘典江

1

可以说，世界上最珍贵的礼物，就是一粒又一粒的种子。

种子，孕育生命见证生命，叙说着生命与泥土之间的纠缠，对应着星空之下万物呼吸的节奏。

从大地破土而出的种子，长出纷繁蓬勃的植物；从子宫挣扎而出的啼哭，演绎世间悲欢离合的表情；而从内心呼啸而来的风雨，则可幻化映衬出人生的景观。

用文字把这种景观涂抹出来，挂上时间的墙，就成了文学。

2

文学，是孤独者的跋涉。每一步，都必须亲自踩出脚印。当然，呼应也是必不可少的，可以借此调整自己的步伐，放大自己的勇气，甚至，分享一块绿洲，共吮一眼清泉。前行者的影子，成为前行的牵引。

3

天柱，我的家乡，一块让我灵感迸发的土地。

天柱民族中学，一个人文荟萃之地，盛产艺术家，文学的火种，代代相传。传到本世纪初，竟燃起了一支新火炬。一个叫姚源清的青年，从高中开始，就积极地拥抱文学，勤于阅读，勇于写作，加入文学社，甚至，参与县城文学的互动。让我惊异的是，他并不仅仅停留于常规作文，而是放飞视线，遨游于高远的文学天空：虚构武侠，编码诗行，指点评论。读了大学，更是以梦为马，天马行空，阅读写作更为自由，创意编辑，以文为桥，广结善缘。毕业，做了专职编辑，又萌芽了梳理传统文化和整合家乡文学新资源的野心。于是，有了这个天柱90后文本的结集。其运作方式，采用捐赠拍卖和众筹，以微信新媒体推出展示，新颖奇妙，吸引了众多关注，未见结果先闻造势，真是一次成功的个案创意。

在这个意义上，这是发起人姚源清的策划手笔，也是天柱文学的薪火相传，还是这个功利喧嚣环境的一次突围——人，还是要彰显理想主义的；而文学的价值，便是发出自己的声音：无论呐喊还是呢喃，都是对魂魄的召唤，征用文字的书写，就是开掘个性，因为没有个性的人等于不存在。而个性，则必须证明自己的在场——肉体的在场，精神的在场，灵魂的在场——肉与灵，应该紧密嵌合，从而让肉体得到施洗皈依，让灵魂找到暂时的驻扎歇息。

4

文学有时代性，文学又必须超越时代性。

90后是特别的，同时，又是平凡的。他们所遭遇的基本困厄困惑，前行者都面对过，后来人也不会错失。人的一生，往俗里说，无非吃喝拉撒爱恨情仇，朝高处讲，也就是"从哪里来到哪里去"。于是，作文，也就具有了一个公共的母题。在这个意义上，文学不过就是对人生对世界的一种主观感受以及抽象命名。

在这个集子中，我们可以看到，青春期的躁动呓语，流连回望故乡，行走社会的憧憬张惶，梳理情绪清洁精神，架空历史坚守芬芳，等等。

每一颗字，都显心跳；每一篇文，都现履历。

5

生命，就是一场行走。

把文字撒进时间，埋成梦，结出一朵柔情。

许多年以后，会长成一棵命运。

是为序。

2016 年 8 月 26 日

甘典江，贵州天柱人。自由作家，书画家，斋号"可待堂"。作品发表于《人民日报》《光明日报》《书法报》《小说月刊》《散文》《星星》《名作欣赏》等。散文《母亲的中药铺》入选 2012 高考浙江卷语文科目文学类文本阅读试题。作品结集——小说集《去高速公路上骑马》；诗集《只有鸟声才能唤醒我沉睡的灵魂》；散文集《米的恩典》；书画摄影集《可待堂墨迹》。

CONTENTS

目 录

风雅颂

脚与颅

草丛·白手套

梦里的拖拉机车头

朱星

1992年出生，天柱县凤城镇人，2016年毕业于贵阳学院。

1

张着漆黑大口，有着雪白眼珠，四方脸，通红身子的拖拉机车直直地向她扑来，像是凶猛的野兽要将她撕碎，她想躲避却无法动弹，漆黑无底的嘴巴即将把她吞噬，一双温暖的大手把她从梦里拉了出来，"三三"，耳边传来爷爷慈祥的呼唤，背上有双大手轻轻地拍打。

她终于从噩梦中惊醒，缓过神来紧紧地抱住旁边的爷爷，感受长辈带给她的安全感，年幼的她还不懂什么叫安全感，只是觉得爷爷的背那么结实和温暖，那辆丑陋的拖拉机车慢慢从脑海里消失，三三望向窗外泛起的灰白色的光，缓缓闭上眼继续入睡。

再次醒来，窗外已经透进来一丝金黄色的阳光，爷爷牵着她的小手去山上砍柴，去河边看牛惬意地洗澡，去葱郁的田坎上看跑来跑去的云朵。三三也跟着云朵跑来跑去，在田间大喊大叫，没有小伙伴的她也不觉得孤单，噢，年幼的她还不懂什么叫孤独感，只是觉得天上的云朵喜欢跟她赛跑，草丛间的打屁虫也喜欢活泼爱笑的她，还有靠在田坎上抽着老爷烟的爷爷——这些都是她的小伙伴！

夏天真热，汗水融化了泥巴，粘在了三三的头发上，衣服上，还有破了洞的布鞋上，她才不在乎，田间吃草的老水牛才脏呢，尾巴上都沾满了泥巴，真好笑！三三冲老水牛做了个鬼脸，跑到爷爷旁边的田坎上躺下，她记得爷爷已经抽了第三根老爷烟。头顶的云朵也玩累了，走得越来越慢，风吹得她的脸燥燥地发痒，她轻轻地闭上眼，想要享受大自然的小伙伴给她带来的快乐，脑袋里猛然间出现了梦里面张着漆黑大口，有着雪白眼珠，四方脸，通红身子的拖拉机车。

她不敢再闭上眼，"爷爷，我昨晚做鬼梦啦。这辆车的嘴巴是红色的，眼睛是黑黑的，脸长得像桌子。它是不是便婆变的，她想把我吃了？"

"便婆不会吃乖崽子的，她只吃不听话的崽子。"

"那奶奶说便婆要吃没有爸爸和妈妈管的崽崽，我的爸爸妈妈都不管我了。"

小孩子的眼泪总是那么浅，她想起家里亲戚一脸怜悯地向她描绘她刚出生的那一天，奶奶问三三的父母，又是女崽，怎么处理，一滴酒灌死就算啦，还是送人养？家里两个姑娘已经压得他们夫妻喘不过气，再添一个姑娘不是受罪吗？三三的父母沉默着，家里的老爷子抱过襁褓里胖嘟嘟的孩子。

"哪个也莫动，我看哪个敢做这种缺德的事，这崽崽你们不养我养！"

就这么简单的一句话，爷爷担起了照顾三三的责任，把屎把尿地把孩子带到了现在。

　　"三三有爷爷管，便婆不敢吃你，她敢来我拿铁棍子打死她。"爷爷的声音把三三从悲伤的回忆里拉了出来，爷爷扬起粗糙的大手替她揩掉满脸的泪水，捏了捏她的鼻子。

　　三三相信爷爷的话，她和爷爷住的房间里的确有一根又粗又长的铁棍子，是用来抵门的，房间的门没有门闩，只能用这根铁棍子抵着。可她没有见过爷爷用铁棍子打便婆，倒是见过他打奶奶，喝醉酒的时候他就用这根铁棍子打奶奶，奶奶边哭边骂，却无力抵抗。爷爷年轻时候是当过兵的，脾气很坏，力气又大，喝酒就会打人，但是他从不打三三，他说三三是他的心头肉，心头肉是拿来疼的，就算她再淘气，把他的老爷烟泡在水里，把墙壁上的牛皮纸都踹烂，还时不时尿得一床铺的尿，爷爷也舍不得动手打这个长得又黑又瘦的淘气包。

　　三三的确又黑又瘦，个子小小的，头发枯黄地贴在脸上。她听得最多的评价就是，这姑娘营养不良啊，长不高啦。还有人会表示怜悯，这姑娘没得吃母乳，没得喝牛奶，以后不晓得长成什么样，来我家做玩，我家里有牛奶给你喝。三三并不领情，我才不来你家做玩，我有爷爷煮饭的米汤水，加点白砂糖也是甜甜的，比牛奶好喝多了。她是喝过牛奶的，甜里面带着淡淡的腥味，很奇怪的味道。

　　三三拒绝了别人的好意，在她的眼里，爷爷煮的米汤水是世界上最好的营养品，只要是爷爷给的，都是世界上最好的。这个被拒绝的人会说，这真是个要强的妹崽，这样的性格以后要吃亏噢。

　　年幼的她还不知道什么叫要强，她只知道自己讨厌别人用可怜的眼神投在她的身上，就像有毛毛虫掉进了脖子里痒痒刺刺的不舒服。她也不害怕自己以后会长成那些大人口中的样子，爷爷说过她是最漂亮的姑娘，她从不怀疑。

2

该到了读书的年纪了，三三的父母来接她去县城的小学读书，她第一次没有拒绝父母的好意。因为爷爷说过，读书是穷苦人唯一的出路，等他老得动不了的时候，三三就是大姑娘了，她有了稳定的工作才有能力照顾爷爷。

三三像个小大人一样冷静地收拾准备带走的东西，不哭不闹，只是时不时看看坐在门边石凳上抽着老爷烟的爷爷，她知道以后见到爷爷的机会少了，她想多看他几眼。

父母不耐烦地催她："快点，县城什么都有，你的这些东西能不带就不带吧，县城的房间小，带了也是占地方。"

三三没有做声，倒是爷爷开口了："三三爱喝米汤水，你们煮饭的时候留一碗。"

"爸啊，我那里煮饭是电饭锅，哪有米汤水哦。"

"哦，这崽崽爱尿床，凌晨1点必须要喊她起来上厕所，不然尿床了会感冒。"

"好了好了，我晓得。"

三三出门的时候，扫了眼木板壁上破了半边的牛皮纸，地板上光秃秃的玉米球，门边又长又粗的那根木棍，以及靠在门边抽了第二根老爷烟的爷爷。爷爷把她叫过去，伸手捏了捏她的鼻子，爷爷最喜欢捏三三的鼻子，他说这孩子的鼻子像猫鼻子那么小。

"好好读书。"

"嗯。"

3

县城新家是在一栋居民楼的二楼，没有想象中的大，一间狭窄的水泥房间摆放着一张小桌子和两铺床，父母睡一铺，三姊妹睡一铺，房间里没有衣柜，姐姐们的衣服都放在床底下，想要在房间里走动都很困难。幼小的三三似乎有点理解父母的无奈，即便自己依旧不讨他们喜欢，经常尿床的她还会遭到姐姐们的嫌弃。

夜里，张着漆黑大口，有着雪白眼珠，四方脸，通红身子的拖拉机车直直地向她扑来，醒来没有爷爷温暖而结实的背，她忍住想要哭泣的冲动，望向窗外，天空有星斗亮晶晶地闪，像是爷爷看她的眼睛，她才缓缓地入睡。

这扇窗是三三最喜欢的地方，窗外的云朵还是老家的那些云朵，雪白雪白还淘气得很，总喜欢和三三玩。三三难过了，大白云，我家里太小，再也不能陪你赛跑了。

旁边的皂荚树的枝桠把手伸到了窗台想要安抚悲伤的三三，她轻轻扯下一片油绿的树叶，掰开来，一股清凉的味道扑鼻而来，大树，你的味道真好闻，三三终于开心地笑了。

等到夜晚，窗外漆黑的夜把眼睛睁开了，亮晶晶的美极了，三三就躺在床上数漫天的星斗，夏天的风吹在她的脸上，燥燥痒痒的，像极了躺在老家田坎上睡觉时从天边吹来的风。

在父母的安排下，三三进了县城的第二小学，她没忘记过答应爷爷的话，很努力地学习，读了县城最好的小学，最好的初中，最好的高中，省城的大学。她要强的性格让她取得了很多优异的成绩，奖状可以贴满父母在县城租的房间。她也出落得越来越好看，瘦瘦的，头发又长又黑，性格仍旧活泼可爱，父母越来越疼爱这个乖巧可爱的满崽。

三三回老家的次数越来越少，上了大学后更甚。家乡成了夜晚的梦，梦里面有雪白雪白的云朵，有田间飞来飞去的打屁虫，有泥塘里脏兮兮的老水牛，有爷爷靠在田坎上抽着老爷烟，时不时宠溺地捏一捏她的鼻子的模样。

每次打电话回家问爷爷的近况，爸爸说，你爷爷身体还好，只是每天吃饭前必须要念叨，我家三三还不回家哦，这崽崽小时候淘气得很，木板壁上的牛皮纸都能踹烂，天天定时叫起来上厕所，不然又尿床了，她的手老爱脱臼，我稍微用力背她，就把手扯脱臼了，大晚上背着她去便桥头王师傅家拿镰刀把接手，都怪我都怪我。这些话你爷爷每天都要念一遍，我都背得啦。

爸爸在那头说得起劲，电话这头的三三早已泪流满面，童年的回忆放电影般一幕幕地被唤起，那么多子孙里面，爷爷最挂念的还是她，二十三岁的姑娘在爷爷眼里，还是长不大的孩子。

4

接到从老家打来的电话，三三差点站不稳，爷爷连夜被送进了县医院，初步诊断是脑梗塞。她买了最早一班回家乡的车票，赶到了医院。爷爷躺在病床上，浑身插满雪白的管子，心电仪器发出难听的滴滴声。这位毫无生气的老人真的是自己最结实敦厚的爷爷吗？三三挪着步子艰难地来到爷爷面前，装作很轻松地唤他："爷爷，我是三三，我回来了。"

"三三回来了啊。"

"你好点没？"

"没得事，你工作找到没？"

"找到了，在学校当老师，你别担心。"

"那就好，有工作就好。"

爷爷虚弱的声音让她想哭，都浑身插满管子躺在医院了，这老头子还说自己没事，还在关心自己有没有找到工作，她的心脏像被针扎了般疼。

她抓过爷爷的一只手，这是怎样的一双手呢？粗糙、黝黑，布满了深深的沟壑。她从来没有仔仔细细地看过爷爷的手，她只记得年幼的时候，这双手把她从噩梦里拉醒，轻拍过她的背，为她煮过好喝的米汤水，为她摘过溪边的刺苔。

"你爷爷的左边身子动不了了，你多帮他按按。"旁边的六爹打断了三三的回忆。

"动不了，怎么回事？"

"应该是半边瘫，还没做检查。"

"爷爷，疼不疼？"三三赶紧用力掐了掐爷爷的左臂。

"没得感觉，动不起了。"

如果真的是半边瘫，这对于要强的爷爷来说是怎样的一个打击啊，三三不敢去想。

爸爸和六爹费劲地把爷爷扶了起来，想要喂他喝一点白米粥，爷爷挥了挥右手。

"我自己来。"爷爷不服老地抬起右手艰难地握起勺子，想要把白米粥往嘴里送。无奈右手也使不上力，三三赶紧坐到病床头。

"爷爷，你现在生病了不方便，我来喂你吃，等你好点了再自己吃好吗？"

爷爷没有做声，三三拿着勺子一口一口地把白米粥送进他的口中，爷爷像个小孩子一样乖乖地吃。不愧是当过兵的人，就算生病，还是能够大口大口地吃东西，这股坚强的劲头不是常人能比的。

　　三三喂得很仔细，就像当年爷爷喂年幼的自己喝米汤水一样仔细。回家休息的时候替爷爷理了理身上的被子，就像当年爷爷替年幼的自己盖被子一样。

　　出了病房，三三还是忍不住掉眼泪了，自己还没有能力赚钱，爷爷就已经病倒。想起那么多年过去了，自己还是会梦到张着漆黑大口，有着雪白眼珠，四方脸，通红身子的拖拉机车直直地向她扑来。她仍旧害怕，不是怕变成拖拉机车头的便婆，怕的是醒来后这个世界上再也没有爷爷。

红豆青时年已晚（外一篇）

刘艳艳

女，侗族，1994年出生，贵州天柱人，2016年毕业于遵义师范学院。

一

"蓝希，我终于知道当年秦扬为什么看不上我了。"林涵趴在窗台上，一边拨弄着涂成红色的手指甲，一边跟我说。

"嗯？"

"那时候我长得真的太丑了。我自己看看都感觉惨不忍睹。"

她从包里翻出一张学生证。"凤城第二中学"几个庄重的字在年轮又绕了几圈之后变得黯淡下来。她指着那张微微翘起的一寸照片说："一个黑黑的土包子。怎么看怎么不顺眼。"那是我们进入高中之后统一贴在学生证上的照片。白色的背景已经泛了黄，能看出时光在上面缓慢游移的痕迹。

我白了她一眼："高一的学生证你拿出来干嘛？那时候大家

刚军训完，个个丑着呢。"

她收起学生证，却不回答我问题，"有时候总在想，那时候开化早一点，或许秦杨就会喜欢我了吧。"

"庸不庸俗？你眼里的秦扬就是个外貌主义者？"

"男人嘛，都一样，眼里能看到的永远是美女。"

"那不一定，"我用手指示意她去看窗口外走过的一对情侣，说，"瞧，那女的长得也不漂亮吧，还没你当年素颜时候好看。"

她把头转向我，认真地说："蓝希，你也该要对自己好些了，女孩子十八九过了就拼不起素颜了。是时候学着化化小妆，化着化着桃花运就开到脸上来了。"

我没接话，回到座位上，用吸管慢慢搅拌着不加糖的咖啡。她也坐回我对面，把杯子里剩下的奶茶一饮而尽。

进入大学后，林涵已经成为一个有着精致妆容，在寒风瑟瑟的大冬天里只穿一件薄大衣，一条紧身打底裤配超短裙的时髦女孩子。而我，仍然裹着厚厚的羽绒服，仍然穿着宽松的牛仔裤和运动鞋，仍然喜欢高三那年疯狂喝过的黑咖啡苦涩的味道。

二

这是一家我们以前常来的奶茶店，说是奶茶店，其实经营的范围非常广，从普通奶茶到咖啡，甜筒，应有尽有。装修简单而明快。门口挂着一副风铃，心形模样，有着明亮的暖黄色星星吊坠。

整个高中滴水不漏的时光里，我和林涵都会在周末花上半个小时坐在这个临窗的座位上慢悠悠地喝奶茶、咖啡。那是我们整个高中时代最奢侈的消遣。走的时候她会给秦扬带一份红豆奶茶，说一路缠绵悱恻的幻想。红豆生南国，此物最相思。

秦扬是我们高中一个班的同学，挺拔而干净，笑容温暖。他俊朗的身姿总是让我想到竹子，我觉得他是个有气节的人，不会随波逐流的那种气节。

林涵喜欢秦扬，这个我是知道的。她孜孜不倦地用最宝贵的课余时间去问他数学题目，再满心欢喜地回来告诉我，今天他又穿了那件绿色格子衬衫，衣服上洗衣粉的香味大概是某某牌的，已经第五天穿着那双白球鞋没有换过了。

"喂喂，第三题怎么解会了没有？借我抄抄啊。快快，老师要收作业了。"每当我火急火燎地问她有没有从秦扬那儿取得真经的时候，林涵就撇一撇小嘴，满脸的委屈："他说了一遍我哪理解得了？我哪好意思让他再说第二遍？再说我也不能直接抄啊。这会让他觉得我是猪的。"

"你本来就是猪！"三番两次之后，我也不再指望她能够从秦扬那里学到什么真正能用到学习上来的东西了。我和林涵依然不屈不挠每次数学考试结束之后领取红灯。秦扬也很茫然地敲自己的脑袋："很多题目我都给你讲解过啊。你怎么没写对呢？我说的东西就那么难理解？"

"不是不是。比老师讲的容易理解多了。这次是粗心，真的。其实我是会写的。考完我就想'糟糕'，应该这样解的题目搞错了。还有几题看错条件了。本来能及格的。真的。"林涵总是这么急忙地跟秦扬解释。我想，如果数学考试考秦扬几天换一次鞋、秦扬喜欢的音乐，她准能拿满分。

那时候，班上的数学课代表张航大概喜欢我。在那个感情青涩的年岁里，他时常在考试后手里攥着我不及格的试卷迟迟不发给我，比他自己考了不及格还紧张。

很多次我的数学试卷反面都贴有一张黄色的便条纸，纸上写着："蓝希，真没事的，女孩子数学不好很正常。你不要难过，下次咱慢慢来，不会的题目可以问我的。"可是我从来没问过他题目。甚至我有想跟他说话的意图时，他都转过眼光看别处了。我暗暗好笑，但心里还是开出甜蜜的花来，不是爱情。是一种被暗恋后得到的微小虚荣。然后暗暗地怪他，怪他不主动来问我有哪些题目不会做，我想气一气整天拿着数学题做幌子跟秦扬套近乎的林涵。

我们的日子，在无休止的小考中考大考里被践踏得像战争一样兵荒马乱。时光以快于平常两倍的速度行走。学校围墙的爬山虎繁盛了的夏季，从总复习到高考完毕都没显出颓败的趋势。

而在我们毕业后，那张爬满爬山虎的围墙被推土机推到，旧教学楼退出了风城二中的历史舞台。新的教学楼总不能给我当年争分夺秒上下四楼的压迫感。

三

林涵用胳膊肘捅我的右肩："还记得张航么？"

"记得啊，数学课代表。"

"他在追我。"

"嗯？"

"张航在追我。"林涵漫不经心地把玩着那只空了的奶茶杯，脸上有种自鸣得意的神情。她说："记得上次同学聚会吧。回家以后我就收到张航的短信，说'林涵你越来越好看了。我上高一时候就很喜欢你了，给我个和你交往的机会吧。'我当时差点笑出声音来。他那时暗恋你暗恋得死去活来是众所周知的事情。"她顿一顿，"所以，对付这种以视觉为唯一感官的雄性动物，我们只能变漂亮。是吧，蓝希？"

我仍然以顺时针的角度慢慢搅拌咖啡不说话，水圈在浓郁的黑褐色液体里沉沉浮浮。我仔细看林涵现在很精致的脸。瘦削的下巴，嘴巴上涂着粉嫩的唇彩，浓重的眼线和微微上翘的假睫毛把她原本很小的眼睛放大了近一倍，白瓷一样光洁的皮肤，脸上的雀斑都埋在了粉底下。她真的是个大美女了。"蓝希你看，我刚上高中的时候多土。中分短发，黑框框眼镜都看不见眼睛了，这斑斑点点那时候怎么就不会想到遮一下呢。难看成这样还天天做着公主梦。"她指着高一学生证上的照片满脸自嘲。

"别嫌弃了，要不要我把你高三学生证还你？"毕业那天，我们互相交换了学生证。

她连忙挥手，"不不不，高三那张照片还要丑，我记得是我头发剪坏那天拍的，秦杨都被吓到了，你说那时候我怎么有勇气自己剪头发啊？"

我转眼看她："还喜欢秦扬？"

她摇摇头，"不了，我想应该是不了。那时候的喜欢只是那时候，我发现越来越找不到那种悸动。他在我记忆里永远是那个爱穿衬衫和白色球鞋爱开玩笑的干净少年。我喜欢他，我更喜欢那时候喜欢他的我。虽说在大学里也谈了几次恋爱，但都太仓促。从恋爱到分手的周期被缩得越来越短。很多人，聊了几次以后还是没感觉。蓝希，你说我们现在到哪里再去找曾经的执着？"

我默然。有些时光过去以后就过去了，我们不可能凭借怀念就把一切恢复成以前的模样。

深冬的阳光有淡粉色的光圈，像一个巨大的肥皂泡泡笼罩住林涵。我突然感觉高中的日子就如同这阳光，也是一个粉嫩的肥皂泡泡，亦真亦幻，脆弱得不堪一击。我们慢慢地发现，曾经坚守的那些执念在我们成长的路上，走着走着就破了。

"嘿，告诉你。"林涵把胳膊撑在奶茶店的玻璃桌子上，凑过脸说，"其实我今天是带着高一的学生证来装嫩的。XX搞促销，高中生一律打7折。"她扬一扬手中的学生证，调皮地对我眨眼睛。我想起以前许多次考完数学，她也是这样扬一扬手中不及格的试卷，得意非凡地跟我炫耀："蓝希。我比你高六分诶。"我白她一眼："好意思，五十步笑百步。""哈哈。好歹我只走了五十步。不及格也分等级嘛。"然后再神秘兮兮地把嘴巴凑到我耳边："秦扬考了第二哦。要不是你家那个该死的张航多考了三分，他就是第一了。唉，真可惜。"然后满脸的得意就转化成了落寞。比得知自己考了不及格还要落寞。我会用笔敲她的脑袋，"死开！再说张航是我家的，我就宣称秦扬是……""好啊好啊，我巴不得你说是我家秦扬。"她笑得一脸欠揍。我马上改口："我就宣称秦杨是我家的！""你敢！"……

可是我们都再也回不到那样的日子了。现在的林涵，只会用很标准的笑容来衬托她精致的妆容。

"老板，一杯红豆奶茶打包。"她背起挎包，朝我嫣然一笑，"蓝希，你看，习惯真是件要命的事。走吧。"我站起身，看了一眼门口悬空摇曳的风铃。在我们走走停停的那么多时光里，它一直在那里，如同第一个遇见，如同每一次相见。离开了这个城市，我们偶尔才能偷出时间来这怀念过往，却再也约不见往日的时光。

缓缓走在冬季干燥的街道上，林涵姣好的面容让很多路人频频回眸。她单薄的外套遮不住纤细的身姿，行走在寒风里格外惹人怜惜。

"顺便陪你去买点化妆品吧蓝希，我给你好好挑挑。"

"不用了。我感觉这样挺好。"

"死不开窍的大脑。"她白了我一眼。我裹紧厚厚的羽绒服，寒风从衣领里钻进去，让我忍不住瑟瑟发抖。

四

林涵是个心直口快的女孩子，我从一开始就知道她喜欢秦扬。而我习惯把感情隐藏得很深，她到现在还不知道其实我也喜欢秦扬。我喜欢他挺拔的像有竹子一样气节的身姿，喜欢他把笔在手指上转两圈就能解出复杂的数学题的聪明大脑，喜欢他埋下头来做作业时认真而安静的神情。我知道他其实并不喜欢红豆味的奶茶，我曾经看见他偷偷扭过头来看我和林涵所在的方位，在确定林涵没有注意到他时把奶茶递给他的同桌，然后把空了的杯子放回自己座位上。我也是在后来才知道，其实那时候我数学试卷反面的便条纸都是秦扬趁着没人在意时手忙脚乱贴上去的。

我们在高中那场乱世年华里安静地严守着自己的小秘密。

上个暑假的那次班级聚会结束后，我收到秦扬的短信，他说："蓝希，大学生活与高中相差真的好大。我好想念高中时代，虽然生活被形形色色的试卷席卷得凌乱不堪，但我可以从每个人的脸上看到纯粹和奋斗的欲望。现在什么都变了，大家的样子变了，心也变了。看到你什么也没变的样子让我感觉到心安。其实，高中时候你试卷上的那些便条纸都是我贴上去的。可是从来没见你问过我题目。于是我把每一题的解题过程很细致地跟林涵讲解。但结果总出乎我的意料。蓝希，有些感情我保存的太久，害怕一说出来就会变质。蓝希，你知道我想跟你说什么。蓝希，你愿意么？"

我握着手机的手颤抖了好久才平静下来。心头漫上来的是恐惧。一种平衡被打破的强烈恐惧感。

"我想，我们还是像现在一样比较好。秦扬，我也喜欢你。可惜，我们都错过了不可复制的最好的时光。"

有些回忆就像穿过冬天梧桐树叶残旧的阳光，温暖而斑驳，但是一抬头或者一扬手就会将它们遮成一片阴影。它们也像古物一样只能裱藏在心底，沾上空气就会腐烂掉。

"蓝希。其实大一我偷偷去秦扬他们学校找过他。我们在他们学校门口奶茶店聊了很久，我快要表白的时候，他女朋友来了。那女孩长得很漂亮，身材很好，披着栗色大卷发，黑色打底裤套了一件褐色风衣。皮肤很好。优雅而从容。我是从那个时候起才对秦扬彻彻底底死了心。也是从那时候开始，我觉得我有必要认真打点打点自己了。蓝希，我其实很是怀念那时素面朝天的爱情啊。"

我低着头走路，过了很久才应了她一句："是啊，那可是我一生里最好的时光。"

迟 夏

part1

公交车停在半坡上，红灯倒计时还有 40 秒。夕阳斜斜倾洒在路边小洋房，天空暮云橙黄，一辆白色自行车从对面飞速驶过来，车上少年浸着汗水的头发闪着金色的光芒，他在人行道前急促刹车，踩着踏板等待绿灯。绿灯亮后，少年驰骋反方向，那条路的尽头是锦中。锦中啊……安愉收回目光，公交车子开始颠簸向前，熟悉的街景一一浮现，爬山虎斑驳的墙，布满泥印子的卡通垃圾箱，新开张大打折扣的服装店，陌生，熟悉。安愉闭上眼，看见马路上奔跑着两个姑娘，一个在前，一个在后，长长的马尾跳跃，宽大的校服在风里鼓鼓吹动，前方是白衣少年站在逆光里回头。岁月从不回头。

夕阳渐入远处群山，城市开始暗淡。

part2

安愉初到锦山，是 2006 年的夏天。爸爸工作太忙没时间照顾马上要上高三的她，无计可施的情况下只能把她寄放到锦山姑姑家。安愉没去过锦山，爸爸由于工作原因一直在各个城市忙碌，安愉都没什么机会见自己的这些亲戚们。只听过姑姑家还有一个小孩，比自己大几个月。对于这个表姐，安愉是陌生的。小时候听妈妈说过这个表姐的到来是个意外，爸爸家的一个亲戚生孩子时难产死了，小孩生下来身体就很差，检查发现心脏不太好，又是女孩子，她爸爸知道后就跑了。安愉很不理解，为什么不报警？妈妈感叹，报警有什么用？农村里重男轻女太严重了。后来安愉的姑姑把小孩过继到自己名下。安愉觉得表姐身世坎坷，幸运的是碰到了姑姑。她也是长大后才知道，当时爸爸想要过来养，被妈妈拒绝，两人因为这件事吵了一架，后来此类大大小小争执越来越多，直到妈妈拉着行李箱离开了这个家。"安安，以后就我们爷俩了。"爸爸说，这个中年男人凌乱的头发下满是无尽落寞。

"我是方迟，老来方悔读书迟的方迟。"

眼前的女孩子酒窝甜甜，眼睛很大，微微自然卷的头发被几颗夹子凌乱夹在头上，露出光洁的额头。安愉点了一下头表示礼貌，"我叫安愉。"

"安安今晚就先和方迟一起睡，明天我去买个床。"姑姑站在后面的在柜子边，边抖着手里新拿出的夏凉被边笑着问，"是要买上下床还是单床？"

"不要，我要和安安一起睡，安安行吗？我睡相很好哦。"方迟是个自来熟，不一会就拉着安愉的手亲昵起来。

姑姑笑骂，"你这孩子，有没有礼貌？"

安愉连忙摆手，"姑姑你不用买床了，床挺大的，我和方迟一起睡。"

姑姑铺好被子，说道："也好，我们方迟总是抱怨太孤单，以前不知道在哪抱了一只猫回来，身上被抓了几道，你们两姐妹一直没时间亲近，现在有时间了就好好相处着。"

仔细一看，方迟脖子上的确有几条细细的疤，方迟搓了搓脖子，"我不会抱猫，但是我会抱人。"说着就搂住安愉，三人哈哈笑了起来。姑姑和姑父有了方迟就一直没要孩子，安愉看着这个险些要成为自己亲姐姐的女孩，不禁想到，当年如果她来了自己家，会比现在幸福吗？也许妈妈是对的吧。

part3

安愉住进了锦山城南四十八号五楼的小房子里，整个夏天两个女孩光着脚踩在木地板上，清透的阳光透过纱窗铺在放满教材书的小方桌，看书累了两人就坐在阳台上吃西瓜，看楼下街道一辆辆车经过，说着关于过去未来的点滴想法，也是这个夏天，安愉听到了楚然。

每天做同样的事称之为规律，方迟的规律就是每天中午一点左右抱着西瓜坐在阳台，有时会开心，有时会焦虑，有时会失落。而这一切，来自于那个白衣少年。迟钝如安愉，在夏天快结束的时候也发现了这个秘密。

晚上洗漱后，安愉和方迟双双躺在被窝里，安愉扭过身子朝向方迟，"坦白吧，少女。"方迟眼睛忽闪，"坦白什么啊，我没话说。"

"还想瞒我？每天楼下经过的那个男生是谁？"

方迟愣了一下，然后哀嚎，"原来喜欢真的是藏不住啊！"

安愉没想到真的是她喜欢的男生，反而被惊了一下，"你真的喜欢他啊？"

方迟缩进被窝里，"他是我同桌，他妈妈在城西开服装店，他每天中午都要过去送饭。高一军训时，我站在他前面，站了一会军姿就晕倒了，我以为我会摔倒地上，结果摔到他怀里……"

方迟声音渐低，嘴角弯弯，"然后他背我去医务室，感动死我了。排座位那几天一直在医院，回学校后每张位子上差不多都有书了，我站在那不知所措，他进来看见我，带我去他座位旁，说这边没人你先坐吧，等老师来了再问一下座位。"方迟模仿男孩清冷的口吻，想必那句话在她心里琢磨千百遍，每次一说心里的甜意都泛在脸上。

"后来呢？"

"后来就一直同桌啊，楚然人真的很好，学习也好，我不会的都问他，班上好多女生都喜欢找他玩。"说着方迟的语气慢慢暗淡，"我都看到他收了好多表白信了。"

"虽然结局很忧伤可是我还是想笑……"安愉忍了一下笑，"你怎么不直接告诉他呢？"

"他太优秀了。"方迟叹气，"优秀到，只要站在远处看他，都觉得不可接近。怎么可以触摸星辰呢，站在他身边都是荣幸了。"

安愉揉了一下她的脸，"别难过啊，喜欢就去追，被拒绝了就死缠烂打，你不最擅长死缠烂打吗？"

"他不一样……"

"有什么不一样，都是人，开学后我帮你追他。"安愉一口许诺，两人说话声盖过外面的电视，姑姑终于忍不住来敲门提醒，方迟吐吐舌头，闭上了眼。

part4

风在身侧呼呼吹，方迟拉着安愉跑在阳光照射着倒行的斑驳树影下，安愉感受着手心传来的温度，心里暖暖的，慢慢用力握紧了一些。跑到站台时公交车刚走，方迟恨恨骂了一声，抚手擦去额头的汗珠，不经意突然看到马路对面正要走过来的男孩。

方迟一下子站直了身子，面色紧张，小手紧紧攥住安愉的衣角，偷偷指了男孩的方向，小声说，"那就是楚然。"安愉看过去，一个穿校服的高个子男生走过马路，他走得很直，面容清秀，白色的耳线从短发中延下，清瘦的身子撑得校服竟分外好看。男孩看到熟悉的身影，拉下了耳线，"方迟，早啊。"

"早啊，楚然。"

安愉听见表姐声音颤颤，有一种努力隐藏的紧张和欣喜。

"这是我表妹，安愉，安静愉快的安愉，她转学，来我们班。"方迟一字一字解释道，安愉第一次看到如此拘谨的方迟，心里感叹果然喜欢会改变一个人。她对着男孩点了一下头，"你好，方迟的同桌。"

"你好啊，我叫楚然。"

打过招呼，男生看了看手表，"还有半小时，我走过去算了，学校见。"

"啊，你不等公交了吗？"

"待会肯定挤，我不太想等。"

"哦……"方迟有些失落。安愉心里鄙视了一下方迟的反应能力，然后拉过方迟的手，"那我们也走过去吧，一起有伴。"方迟还没反应过来，安愉就拉着他挤在楚然旁边，"正好让我熟悉一下上学的路线。"楚然点点头，三个少年错错落落走在夏末的阳光里，公交车从身旁驶过，尘烟消散，日光倾城。

那以后三人上下学似乎绑定到了一起，通常都是方迟和安愉说话，楚然听，时不时插一两句。20分钟的路，是高三紧张时间里属于夏天的留白。

part5

锦山入夏依旧雨多晴少，明明是夏，却比冬还冷。安愉想起自己初来锦山也是夏天，已经十年了，记忆里那个追着少年奔跑的少女还是那么年轻，小小的酒窝，最无邪的笑。那年淋的雨，和喜欢过的人，都不见，只有这座城安静屹立在这，风带不走旧树，日光带不来喧嚣。只等千百年后，时间崩塌陆地，方会消失。

安愉站在公交站台等车，迎面走来一个熟悉的身影，越走近越和记忆里的少年重合，她迟疑叫了一声，"楚然？"

男人看过来，一下子没认出是谁在叫自己，"你是……安愉？变化真大，我都认不出了。"

"你可没怎么变哦，还是那么帅。"

寒暄完就冷场。两人面面相视，楚然先打破僵局，"去那边坐坐，好久没见了。"

两人相对坐在咖啡店的沙发里，空气里浓郁的咖啡味像旧日。十年前还没有这家店，那时公交站边有一家小小的冰淇淋店，炎暑之际三人时常买冰淇淋吃，一块钱一大份。

"你在锦山工作吗？"楚然问。

安愉摇摇头，"我来锦山上柱香，下午就要走了，回 B 城。你呢？"

"我也在 B 城，最近在这边出差。"

安愉点点头，想起了年少时无忌的喜欢和未完成的告白，浅浅笑了起来。"哎，方迟那时可喜欢你了。"迟到了十年的话，安愉想，终于算帮你追他了。

楚然笑，"是嘛……我第一次见她还是初中，那天雨很大，我的猫跑了，找到它时它正被个小姑娘抱着，雨打湿了她全身，猫却没被淋到。她抱着猫打车走了，过了几天，猫自己跑回家。想不到高中会遇到她，我一直以为她比我小。"

"哈哈，"安愉笑起来，"她身体不好，所以看着小，别人都以为我是她姐姐。"

"嗯，"楚然像是自言自语，"我也一直很喜欢她。"

part6

方迟计划在高考完的那天和楚然表白，安愉揶揄她，"估计是他先说哦，我觉得楚然是喜欢你的。"

方迟笑着打了安愉一下，"借你吉言啦。"

然而没等到高考，方迟就病倒了。那时离高考只剩一个月，也是安愉到锦山的第十一个月。高三滴水不漏的繁忙中，并没有太多人在意缺少了谁，班主任简单说了一下方迟的情况，全班躁动一下又恢复紧张的学习中。只有楚然一言不发，握着笔不知道在想什么。

下课后楚然依旧站在门口等安愉，像以前三人行一样。两个人没说话，少了方迟，安愉突然觉得自己和这座城断开了联系。楚然问方迟去哪了，安愉回答，"B城。"她心里忽然很难过，自己来到她的城，她去了自己的城。

"她什么时候回来？"

"我不知道。"

说完，安愉低下了头。男孩也不说话了，街道风声紧紧，散落的塑料袋像羽翼，飞着飞着不见了。

高考后安愉没参加聚餐直接回了B城，她们都不知道那个晚上锦山城南 48 号楼下站了一个男孩，站了一夜。

方迟的病辗转出国回国终于大愈，然后在 B 城重新读了高三。期间姑姑家也迁到了 B 城，阴差阳错里她再没时间回去那个小城。安愉大三的时候出了国，那时姑姑刚被查出乳腺癌，几年里终于不愈而逝，待到她回国后只留一抹香魂葬在锦山故里。此行便是去给姑姑上香。

part7

"哎，我回锦山见到楚然了。"

房间里翻书的手顿了一下，安愉继续说，"他居然也在 B 城，你说怎么出个差都能被我碰到呢。"

方迟感觉自己浑身颤抖了一下，像无数次梦里，她想起了经年不忘的少年。

"我和他提到你了。"

"原来你脖子上的印子是他的猫抓的。"

方迟摸了一下脖子早就淡去的疤痕，笑，"他给你说的吗？我后来才知道那是他的猫，在他怀里居然也在抓来抓去，你说那么温柔的人怎么养了个那么凶的猫呢。"

安愉没回应她这个问题，自己接着自己的话说，"哎，他说她喜欢那个偷它猫的小姑娘。"说完，她嘴角微扬，眼睛认真看着方迟。

楚然正在开会，突然手机震动了一下，有短信进来。他和客户道了声歉，打开手机，是个陌生号码："斯人若彩虹，遇上方知有。"

楚然笑了起来，窗外是明媚的盛夏。

他是疯女人的孩子（外一篇）

杨茜

1995 年出生于贵州省天柱县，现就读于南昌大学科学技术学院中文系。作品《木犁》曾获江西省大学生写作大赛一等奖。

他是疯女人的孩子

仅存的记忆中，他母亲端着满是缺口泛黄的瓷碗，坐在堂屋的门槛上发笑，木板墙壁和泥土地板接口处尽是茂密的青苔。

村口的三棵古树是夏天往来行人歇脚的地方，也是孩子们的乐园。树上的果实让孩子眼馋，小孩子只能在树下等着爬上树的伙伴敞开肚皮吃痛快了，施舍般的扔些下来。小孩子用双手捧着，小果实如雨点般落下，可总是被砸中了头，然后扒开枯叶寻个遍。他母亲就是看着在树下找不到果实而哭闹不止的他，直奔回家，腰间别了一把柴刀，飞快地爬上树砍断了结满黄色果实的树枝。树下的大孩子在树腰敷上一层牛粪，他母亲全然不顾，直接从树杈上跳下，一把抱他入怀转身回家。

不道过了多久，反正他的母亲是真的疯了，坐在门口不说话，一直咧着嘴笑，笑够了就光着脚在河堤上走。村里年长的人说，她是惊动了神灵。古树下面是供奉土地公的，逢年过节，就会有人前来祭拜。他父亲是一个脾气古怪的男人，从不深信这些，任由他的母亲穿着血红飘着腥味的裤子乱走。

他也就是这样被嘲笑的，"你的母亲是疯子，疯子都是遗传的，你长大以后也是疯子，你的孩子也会是疯子。"每当听到这话，他都会红着眼和别人搏斗。都会被别人扒了裤子，书包挂在高高的树枝上，书的封面全是暗黄的脚印，名字也变得模糊不清。他就瘫坐在树下，深望着暗红色用母亲旧大衣扣子代替拉链的书包。每当这样，他疯了的母亲就会红着眼发出刺耳的声音，穿着一只鞋，手中拿着石子跑来。他却哭得更伤心了，宁愿像一个勇士一样决斗也不愿被嘲笑。疯了的母亲眼里藏着如洪的泪水，围在他身边，忽然又笑了，帮他取下了书包。他看着母亲的脚底被砂石咯出了血，硬生生别过头去。

他家大门常年紧闭，就算是他母亲偷拿了谁家的瓜果，来人也只敢站在门前大骂。相传，他家里也是有神灵的，他的爷爷曾是帮人设坛作法的有艺之人，家里的神灵未请走。所以，常年不见阳光，少有人走动的泥土地板青苔更是疯长了。

有时候他母亲撕心乱叫，他也只是默默地添柴，火光映在他发烫的脸上。母亲闹累了，也缩着身子在火塘边。此时，屋子里只听得见柴火烧透了的声音。他便拿出作业本小心放平，从口袋摸出掰成两截的铅笔，身子坐直专心写了起来。他忽然又停了一会，把作业和铅笔收好，用树枝在灰上继续练习。

也许，这个映着火光的夜晚他是温暖的，他只想母亲静静地呆在他的身边，没有笑，只是默默注视着他手上的每一个动作。

　　他父亲在工地上，一个月回家三天，带着他上街理发，买肉。他总是紧紧地扣住父亲的手，昂首挺胸的与父亲一同出现在集市上。白日里，大门才会敞开着。他父亲清洗了衣物和床单，也帮着他疯了的母亲洗澡换上干净的衣服。晚饭时，母亲迟迟未归，他看着红烧肉流口水，父亲点头示意，他便把一块块肉抓到手中，塞进嘴里。

　　他闻着被单洗衣粉的味道暖暖入睡，梦中被母亲唤醒，给他穿了新衣服，新鞋子，就连书包都是新的。吃着冒着热气的面条，母亲给了他五毛钱，叮嘱他饿了就买东西吃，还帮着他提着书包送他到村口，经常欺负他的小强被他爸爸好一顿打，正抹着眼泪和鼻涕。他是被这个梦给乐醒的，下了床，门是半掩着的，还剩下半碗红烧肉，吃了几块，留了些给母亲做早饭菜。他麻利把父亲留下的生活费藏在了枕头里，就背着书包上学了。

　　这样的孤寂生活终被打破，在他的生命中出现了一个忠实可靠的新朋友。那只掉了很多毛的黑狗是他光着脚从河里捞上来的，他带回了家，也和他一样吃着炒得黑黑的白菜，睡在她母亲的破棉鞋上。

　　他始终没有给这只小黑狗取名，小黑狗闻着他的味道走哪跟哪。它会跟着他走到学校门口，他示意让它走，小黑狗只是不停的摇着尾巴。他捡起了一块石子，摆出了要砸它的样子，小黑狗才起身，眼神直勾勾的盯着他。放学后，他第一时间跑回家，像是有人在等他回家一样。他也学着父亲的样子上街买肉，声音也大了。他总会把自己碗里的肉分几块给小黑狗，看着小黑狗舔着碗，流着口水看着他。

　　有小黑狗的陪伴，他不再关注疯了的母亲，只是照旧给她做饭留门。她还是那样，靠在门上发笑，坐在树下自言自语，睡在河堤旁的青草里，朝着无尽的旷野奔跑。

十五岁时，他的父亲也因身体原因回到了家中，倒是他的母亲是越发的红润丰满了。他的家里倒不像以前那样阴冷，或许是村里人都还在深信他家里是有神灵的，平常人沾染不得，才会没有人愿意去他家。

大年三十晚上，他提着为父亲买的好酒欢快哼歌一路小跑回家。只看着门前的一滩血，黑色的狗毛，他快步上前冲到灶旁，打开冒着热气的锅盖，看见小黑狗狰狞的牙齿，顿时觉得血气上涌，吐了一地，夺门而出。

他在草垛里睡了两天，看着天亮等天黑。

他疯了的母亲，穿着小黑狗睡过的破棉鞋找到了他，冲他咧着嘴笑，拿出藏在衣服里沾着香灰的糖果，是新年祭祀的贡品。

随后他辍学远走他乡，他疯了的母亲也越走越远，母亲离家一个月后，他父亲到处求人去找，后来被好心人送回了家，不久又悄无声息的离开。他在电话里得知后，嘱咐父亲继续找，如果她不在了，他连母亲都没有了。

自尊是需要被保护的，是应该被高高托起的。我想起曾抹过鲜草味的牛粪，良心到现在都还不安。他今年二十了，没有遗传没有疯。两年之后，他母亲依旧杳无音信，他和父亲还是愿意相信世间还存留那么一个人，只要活着总是有希望找到的。

天凉了，别光着脚远走了。

木 犁

哥哥从父亲手里接过表面光滑而又纹路清晰的木犁后，就光着膀子，挽着裤腿，跟在喘着粗气的老牛身后吆喝，黝黑的皮肤在烈日下油得发亮。

在小山村，接过父辈手中木犁的男人是将要继承家业，拥有家权的象征，这是庄稼人在黄土地里举办的成人礼。

老牛悠悠嚼着枯草，时而低沉地唤着隔一亩地里的同伴，哥哥见老牛欺生，顺手拿着细长的竹条往老牛身上抽去，老牛拼命往前奔，木犁被拖行数米远，惹得哥哥又恼又怒，慌忙跑去踩住地上的牛绳，好一阵叫骂方才停下来重新套好木犁。

父亲站在田埂上急得跳着传授耕田经验，"莫着急，跟着牛走，转弯时慢一些，牛比你懂活路哩。"父亲背着手站在田埂上说。哥哥又是挥舞着竹条狠狠往老牛身上抽去，老牛挣脱木犁又往前奔去，哥哥叫骂的声音在山谷回荡多遍才散去。

哥哥重重地把木犁摔在土里，扭头走掉了。老牛痴痴地望着正在闻着花香的小牛。父亲只好扶正木犁，与老牛默契配合，连连吁吁地喊着，像是多年老友的暗号。

天边挂着一片血红的残阳，父亲扛着犁，赶着牛，走在回家的路上，山间回应着他悠长的歌声，他心里是欢喜的，黄昏过后就离清晨近了，一天天老去，总想有人接下肩上的重担。心里盘算着，把老牛也卖了，教会小牛耕地，他也就功成身退了。一路上，老牛磨蹭着吃路旁的杂草，小牛在前面狂奔，父亲拿着给孙儿的山间野味，美美地笑了一顿。

　　一家人等父亲放好了木犁，安顿好了牛，方才吃饭。小侄儿在父亲怀里，嚷着要帮爷爷拿酒碗，父亲乐呵呵地用筷子头沾了点酒，碰了碰小侄儿唇边。大嫂看着哥哥，眉间稍动，欲言又止，哥哥转头看了看母亲，母亲借着忘了些事走开。哥哥摇摇头看着嫂子，又陷入了沉默。

　　晚饭后，父亲早早地歇了。

　　屋子里剩下帮小侄儿洗澡的母亲和哥哥嫂子，嫂子盯着不吭声的哥哥，终于开了口，"趁着年轻总是要去外面挣些钱，孩子大了用钱就更多了，一家人守着几块地也不是办法，我俩是打定了主意要出去的。"说完，又扭头看着哥哥。

　　母亲抱着小侄儿，长叹了一声，回了房间。

　　清晨，父亲早早地就喂饱了牛，敲了敲哥哥的房门，好一会，哥哥才应了一句。父亲扛着木犁走在前面，哥哥牵着老牛走在后面，露水打湿了父亲的裤腿，紧紧地贴在壮实的肌肉上。

　　"庄稼人要想靠地吃饭，就得会用地里的筷子，而这地里的筷子就是这木犁。"父亲语重心长地说，显然已决定把木犁这活永久地教给哥哥，像是肩负着一代代往下传的重任一样神圣。

　　哥哥不再抽打老牛，父亲言语一阵后也停了下来，老牛也温顺了，山间静悄悄的。

　　"我想去外面看看"，哥哥的这句话划破了沉静。

　　父亲停下来，愣了愣，清晨的梦碎了。他大步往前，扶正了犁，跟着牛，却又走得慢了些。

　　"我们早就商量好了，你俩老的带着小的，实在种不了地，就把老牛卖了，养只小牛就够了，这种日子我也过怕了，也不想拿这木犁了。"

　　父亲依旧跟着牛走，脚下的地也翻得不深不浅。

　　回家后，也是喝着闷酒，倒头就睡。

"我们都是半截黄土埋脖子的人了，才安心守着这地，年轻人，不出去闯闯，怎么会甘心。"母亲轻声在房间里说。

那晚的夜，月光很白。

父亲去牛圈看完老牛后，坐在院子中间，用毛巾一遍遍地擦着木犁，纹路如他老去的皱纹和往事的回忆，清晰地在脑子里回想。

明天孩子们就远走他乡谋生活，但在他心中，只有土地，老牛，木犁，才是踏实的生活。

父亲背对着月光，呆呆地望着木犁说，我们都老了，怕是再过几年，你也要当柴烧，当古董了。

夜又漫长了，父亲把木犁收进了里屋。

老牛也卖了，小牛在欢快地狂奔，没有了木犁的束缚。

琵琶语

吴满连

1991 年出生，天柱县远口镇人。2016 年毕业于贵州师范大学。喜欢歌手谭晶，喜欢郁达夫的小说、林语堂的散文。

浔阳江上，珠帘壁下。

她只身坐在画舫里的暮色中，面前酒满金樽。数杯过后，她脸颊微红，饶有贵妃醉酒的韵味。要是在往日的风花雪月里，她不知要迷倒多少的富贵子弟、风流才子。昨夜西风凋碧树，明朝风景属谁人。如今，除了这江上的清风、暮色中萧索的秋风，还会有谁来看洗尽铅华了的她一眼。往日的繁华已如烟消云散。

我独立于这轻纱桌上，静静的等待，等待她的轻抚。

她移到床前，轻解罗裳。她，是那么的瘦，可却没有"楚腰纤细掌中轻"的轻柔之美。我顿时一股酸楚涌上心头。她躲到被窝里，本想借酒精的作用睡去，然而却辗转反侧，难以入眠，眼角流出的泪水湿透了半边寒枕。

月亮沿窗边泄下，整个船舱泛着惨淡的白色，忽而她披衣走到我的身边，不停地抚摸着我。"她没有忘记我的。"我不住的在心里默念。从她十三岁那年开始，我就一直跟随在她的身旁，对她不离不弃，像私定了终身的伴侣。她用柔弱的玉手带我穿梭在名流教坊中，她的琴技得到师傅们的赞佩，她那"回头一笑百媚生，六宫粉黛无颜色"的芳容和娇媚，是同行歌伎所不能比拟的。在那些红纱绣罗、金银玉镯像潮水般向我们涌来时，我不停的为他们演奏一首首动听的乐曲，酒席上的她却是绣面芙蓉一笑开，斜飞宝鸭衬香腮。对于那些客人，自然是酒不醉人人自醉了。

日子就一天天的这样过着。

惜春春暮，几点催花雨。绝色的美貌终敌不过时间的消磨。岁月在不断的倾笑声中、在醉人的酒杯里、在琴弦上流走了。昔日的美好被更年轻的妖艳女子所代替。门庭逐渐冷清，在落魄后，她嫁给了一名商人——现在她那终年不归家的丈夫。女子始终是女子，是走不进男人的世界的。也许在他们看来，金银珠宝就是江山，是不朽的霸业，是万古常青。女人是衣服要推陈出新。纵有万件衣服，不如一件整珠宝来得实在。整日与女子堆在一起是一种消沉的生活状态，是庸人自弃。她虽是绝色倾城的芙蓉女，却作不成那红颜祸水美人风。所以留不住他的心，注定了他的频繁远出终年不归，迷恋商场的叱咤风云。冰冷的床头那一半永远是空荡荡的，没有一丝温度。轻薄的棉被怎抵得住江上的寒风。在多少个不眠的夜里，往事像恶魔般缠绕心头。

我被她轻轻抱起，身上的琴弦被拨动。我用深沉的语调唱着心中的不平，缓解心中的愤怒。不觉间，一曲《女儿情》唱完了。这时江中的水、岸边的梧桐成了我忠诚的倾诉者，东船西舫间黯然无声，大地一片寂静。渐渐的，我开始凝聚了全身的力量，把内心的愁与恨一齐迸发出来。一声炸响，声音从喉咙里传出，像银瓶炸裂，又像带甲的骑兵急速冲出，刀枪齐鸣，发出激烈浑厚的壮歌。

寒日萧萧上锁窗，梧桐应恨夜来霜。许久，唱累了。只见江中倒映的秋月又大又亮，回头看看她又在喝酒了。世间浮沉，不如随分樽前醉，莫负东篱菊蕊黄。一切都随它去吧。今宵剩把银缸照，也许相逢是梦中了。在船舱外，她抱着我在船头发呆。可我感觉我的身体渐渐的在离开她，正在渐渐的下落。我沉到了江底，在迷糊中我找到了她。我俩睡在了一起，并且做着很长很长的梦。我梦见她一脸的灿烂，她依然是有家了的人。丈夫对她马首是瞻，可是对外依然有男人的气概。

她的一生像西北沙漠里的一条内河流，有源头没结尾。无尽头的河，没有目的地的在路上流浪。这个社会如同干渴已久的沙漠，无情的吞噬吸取她的血液，慢慢的把她消残殆尽，最终消失在浩瀚的沙漠里。生命的悲歌响起，这不是乐器奏出的动人旋律——夜不是歌唱家们的天籁之音，这里有的只是沙漠里特有的干冷的狂风的呼啸。

如有下辈子，我祈求她不要在出现在这世上，如果非要来走一朝不可，就要做空谷里的幽兰，独立于世间，高傲的活着。

嫁 衣

江丽丽

贵州天柱人，2013 年毕业于天柱民族中学，现就读于兰州大学公共卫生学院卫生事业管理专业，爱好看书、跳舞，做一些小的科学研究。

我开始相信命运，那个古老民族遗留下的神秘的诅咒。

湘黔交界的侗家，女子大多不让读书，到了十六岁，便开始张罗出嫁。

虽然如今已经是开放的时代，可农村里，还是把老一辈的习俗沿袭了下来，根深蒂固。老人们总说，这是注定了的命运，不容得更改，这习俗便蒙上了神秘的色彩。这里的人是相信命运的。

从小我就是个被梦纠缠的孩子，梦中，一个身着如血般嫁衣的女人，躺在无边的黑暗中，她如火的唇，红得要淌出血来，脸色苍白如纸，手腕骨骼异常分明。只听见黑暗中有铁链碰撞的声音。她的身下淌着血，由红到黑，然后一股浓重的腐烂和腥刺的气味迎面而来。

每次在被这种强有力的黑暗压迫得喘不过气来的时候，我总被压抑着惊醒，然后浑身凉透，额头渗出豆大的汗珠。我起床，疯跑下楼，开始大杯大杯的喝凉水。只有那种冷的感觉才能压抑住喉咙蠢蠢欲动的恐惧。我开始吞大把大把的安眠药，终于还是在黑暗中昏睡下了，我觉得那是我的劫，有什么在等着我，我迟早要面临什么我此时并不知道的难，它的力量已经快摧毁了我。

直到后来，我才逐渐明白，这是她躲不过的厄运，是我逃不了的劫。

春花回来了，我应该高兴的，可是不知怎的，我们之间徒生了那么多陌生，我们渐行渐远，她已是我无法企及的永远。我开始害怕。春花是个懦弱人。

"怎么，被你妈找到了？"

"我妈说我要不回来就和我断绝关系。"她说着眼眶就红了。

"见了个男人，到他家看了房子。"

"哦。"我们之间只剩下干净的缄默。

我一直觉得春花是勇敢的，她想上学，努力地据理力争，终于有了机会，他爸妈同意了，她高兴地来告诉我，激动得哭了，可怜的春花，该是受了多少的委屈。她以为终于有了自己的天，可她没明白，这天依然是这古老村庄的天，掌握着她的宿命，让她难以抗拒。学校主任对她一番羞辱，让她彻底断了这份念想。断了她唯一的希望，她解脱不了。

我记得她告诉过我，她喜欢余光中的《山的那边》，她要走出大山。

春花要结婚了，她告诉了我，她又得结婚了，上次，我让春花逃，她就真的逃了，我以为她会找到自己的幸福的，可她还是回来了。这是她的根，她割舍不了。

她妈告诉我那个男人家在农村还算殷实，有两楼的小砖房。我开始肆意地笑，笑到最后就哭了。

春花化新娘妆还特意来让我看了看，我笑了，一声声回荡在耳边，让我几乎昏厥，粗糙的粉底，看着就像过期的，头戴了朵特大特显眼的红花，胸前垂下几根卷的像麻花一样的卷发，其余的都盘在头顶，这就是她要的幸福。

"你爱那个男人吗？"

"凑合着过吧。"

"还敢逃吗？"

"走了，就没家了，你知道吗？在那个泥水森林里，每个人都行色匆匆，朝着各自的方向奔去，我像只迷途的兽，不知该向何方，我才明白，我始终无法承受这样一种被抛弃的孤独和彷徨，我才猛然察觉，我没了家，没了奔头，就像是被世界遗弃的孤儿，只剩下无穷无尽的漂泊。"

其实她早就没了家，所有人都在逼她，又何必如此自欺欺人，挽留早已不存在的温存。我想起了有人说过的一句话："温暖是对苍白的点缀，可总改变不了人最终极的孤独。"我觉得人生来便注定了漂泊，在时间的无涯里漂泊，然后无声无息的寂灭。

春花出嫁的时候，我回了乡，去了她家。几声嘶吼的鞭炮声过后，只残余了浓重的硫磺味夹杂在浑浊的空气中，让人喘不过气来。十里八乡都来了，看到她家的人便躬身祝贺，一个个都笑脸迎迎的，像自个儿出嫁似的。

她的爷爷招呼我入席，她爷爷笑得可乐了，边吃边呟喝着。我分明记得一年前他憎恶万分地对我说："春花是个不干净的女人，整天和男人私混，我连情信都看见了。"其实他压根不识字。

我走进她的房间，"就要出嫁了。"

"是啊。"

又是长久的沉默，直到大妈把我拖了出去，边走还边说，"送了这么多钱，还不回去多吃点。"

我恨大妈，她没事总对我说，"你长大了，嫁在上寨好了。"我会愤怒地破口大骂，"你有病。"

她总絮絮叨叨地念着，"这就是命，是生在这乡下的宿命。"她每次都说得认真而虔诚。我厌恶这种话。

春花上车的时候，拉着我的手说，"妹子，你有本事，要好好读书。"我终究没和她说上最后一句话。

从此以后我再也没见过春花，我开始明白，春花是从小长在农村的人，骨子里透着自卑和怯弱，相信命运，害怕流浪，而我从小四处漂泊，注定了心无所依。

我开始头痛，每天半夜醒来吞下更大剂量的安眠药，在昏昏沉沉中，看清了梦里的女人，是春花，她穿着红嫁衣，唇红如血。我陷入更深的恐惧，我甚至感觉到两条大铁链狠狠地勒着我的手，勒得我的手皮开肉绽，有个声音在告诉我，你逃不了，你逃不了……我再也没见过春花。

我想起大妈说的生在这的，逃不了的宿命。

我开始不停地问爸爸，"倘若我不愿，你会不会逼我。"

爸爸总会慈爱地对我说，"不会的，我的孩子。"可他不会知道我在害怕什么，我也不知道我在怕什么。我难以摆脱的恶梦纠缠着我，像某种力量在控制着，也许直到老去，死去。此时，那种恐惧已深入骨髓，成了治不了的毒。

山的那边

依然是山

活着一群活死人

狗尾草弯弯

龙凤娣

1994年出生，天柱远口人。2013年毕业于天柱民族中学，现就读于贵州师范学院。

顺之放下手中的狗尾草，坐在河边的一块大石头上。他六月天穿着大棉袄，呆呆地望着从坝上掉落下来的水，溅起的水花湿了一身。

从河边洗完衣服回来的妇女在过桥的时候笑笑地喊道，"顺之啊，这大热的天，你穿件大棉衣做什么？傻呀。"

顺之看了桥上的妇女一眼说，"老潘不傻，你才傻呢，穿那么少，太阳都晒进肉里去了，大热天穿棉衣好，太阳晒不进去。"

"哈哈，好好好，你多穿点，免得让太阳晒进去了。"妇女提着衣服，扭着水桶腰，回家去了。顺之把脚伸进水里，在太阳底下睡了过去。

顺之姓潘，是个疯子，流浪汉。清远乡的人都知道，顺之是个文化人，这点从他用彩色石头写在电线杆上的字可以知道。顺之通常是写毛主席语录，他常常会写在姜老师家门口的那根电线杆上，写在政府门口，写在马路边，顺之的字是写得极好的。

从老人们的口中也可以知道，顺之没疯之前是个邮递员，在上世纪八九十年代，邮递员是很吃香的，常言道"读万卷书，行万里路"，见多识广嘛。可是后来顺之为什么疯了？清远乡流传着两种说法。一种说法是顺之年底从外面送信回来，为了赶上家里的年夜饭，连夜抄近路回家，路过一个乱葬岗时，被鬼蒙了头，回到家第二天就疯了。之后就对老婆和儿子说疯话，"我要拿刀把你们细细地切碎，然后用来炒辣椒吃。"第二种说法是顺之上山去砍柴的时候，累了，随地一坐，不巧坐在了一座年久失修的土地公头上，因为放了个屁，回到家第二天莫名其妙就疯了。

不管传说的真假，听故事的人只把他当做一个故事来听，没有人会去深究。然而，十多年来，清远乡的人对顺之都是尊敬的。因为他从不会乱拿人家放在外面的东西——只在清远乡方圆五十里来回走。十几年如一日。人们习惯这条路上有顺之的身影，手里总是拿着一把狗尾草，摇啊摇，从青色摇到枯萎，时间随着顺之手里的狗尾草颜色的变化而变化着。

顺之是怕冷的，冬天在路上要是遇到人家烧着火，他便会凑过去："让老潘也烤烤火咯，爹爹娘亲没有火亲哦。"冬天晚上会睡在人家烧完火的灶孔里，有时会吓得早起的农妇失声大叫，顺之便从灶孔里爬出来，拍一拍身上的灰，"不怕不怕，是我老潘。"说完就走了。

人们看到他满脸黑漆漆的样子，又好气，又好笑，有时也会当着顺之的面故意说，"顺之也怕冷哦，还晓得去睡人家的灶孔里嘞。你夏天穿的棉衣哪里去了？"面对人们的取笑，顺之并不介意，他介意的是人家叫他顺之，也许是他觉得叫名字显得不亲近，也许是觉得他的名字并非如此。这个时候，顺之就会告诉那些叫他"顺之"的人，"不要叫顺之嘛，不好听，一点都不好听，大家乡里乡亲的，叫老潘。老潘好听。"这个时候，谁又会站出来强调他只是个疯子呢？在人们眼里，他只是"老潘而已"。

十几年来，顺之大部分时间都是走在路上，似乎在他的潜意识里，他就是一个一直在行走的人，只是记不起来自己为什么要走。偶尔，顺之会捡到钱，几块，几十块，也许几百块也有。他不花钱，他会把钱送给在路上他看得见的孩子，让他们拿去买糖吃，还叮嘱不要告诉大人们这是老潘给的钱。顺之把捡到的钱给了孩子们后，自己饿了就捞潲水吃，在路上捡到包子、糖之类的，顺之也吃，顺之常说"不干不净，吃了没病"。奇怪的是，接过他钱的孩子，或者是心地善良的孩子给他干净的糖，顺之是不要的。顺之会说"老吾老以及人之老乎，幼吾幼以及人之幼也。"孩子们是听不懂的，顺之也不生气，只是摇着狗尾草走远了。

过年过节时，清远乡街上的人会用干净的碗盛饭给顺之，顺之也不吃，但当人们把饭倒进潲水桶里去了，顺之便香喷喷地捞起来吃。有人问他，"老潘呐，为什么人家盛饭给你你不要，潲水桶里的又去捞起来吃呢？"老潘说，他知道自己脏，哪里都脏。人家用干净的碗盛来我吃了，那碗人家就不用了，浪费，老潘就吃潲水桶里的，我不嫌弃它脏，它也不嫌弃我。

乡里乡亲的，谁对老潘好，老潘都记在心里的。

又是一年夏天，清远乡赶集的日子热闹得紧，顺之穿着一条碎花裙子招摇过市。农贸市场的剃头师傅刚帮顺之剃了一个油亮的光头，顺之一身碎花洋裙顶着一个锃亮的光头，臭美的来到河边，把整个头都探进水里。来河边洗衣服的姑娘都绕过顺之向上游走去。只有好事的顽童会从后面掀起顺之的裙子，喊道："他没穿裤子，羞死了，屁股都露出来了。哈哈。"这个时候顺之会很生气，会捡起石头不管三七二十一朝孩子们狠狠地砸去，"欺负老潘，砸死你们，狗日的……"

过几天，顺之又穿着他的那件"太阳晒不进去的衣服"，摇着狗尾草出现在这条老路上了。

顺之常说"不干不净吃了没病"，确实，十多年来，很少看到顺之生病。"好久没见到顺之了呢，上回在小学门口遇到，到现在都三个多月了，奇怪，一般顺之都是在金寨山和大木这条路走的，难道这回走远了？"一天茶余饭后闲聊时，突然有人说了一句。

半个月后，人们听说顺之病了，好像还挺严重的，是有人在一家灶孔里发现的，那家人年前就举家去广东打工了。顺之也不知道在那里睡了多久。饿了就吃主人家留在灶边的红薯，多是烂了的。人们把他从灶孔里抬出来的时候，都以为他已经死了，叫来村里的赤脚医生给顺之打了针，吃了几粒药，暂时安置在村头的破庙里，村里人自发每天给顺之送些吃食。十来天的样子，顺之的病竟然好了，真真是应了那句老话了，人命贱则阎王怕哩。此后，顺之又开始出现在路上，手里依旧摇着狗尾草，还"嗯嗯……"哼着不着调的小曲儿。

直到那年腊月，清远乡下了一场大雪，雪还没有全化，有人便在破庙里看见缩成一团的顺之，身体僵硬，已经没了气息。

顺之死了，清远乡的路上再也看不到摇着狗尾草，哼着小曲儿的老潘了。

顺之死了，但关于老潘的故事，真实的，杜撰的，还没结束。

骗　局

鲍涛

苗族，1993 年出生于贵州天柱，2012 年毕业于江西南昌华东交通大学理工学院，现为复旦大学新闻学院传播学研究生。

一

已是下午，阳光还没有要消热的样子。宇到达 A 城，接下来只需再转一次车，宇就将到达家乡。

宇是 A 城千千万万个旅客中的一个，沿着逐渐熟悉的道路，凭着记忆中的路线加快着脚步，宇希望能够赶上最后一班车。因为害怕被看破，他假装着自己就是本地人，一路无视一切拉客住宿的吆喝。宇内心并不喜欢这座城市，加上坐火车奔波了一路，晕晕乎乎的他只想尽早离开，回到那片温柔的故土。

坐在回家的末班车上，发车将在半个小时后，宇觉得是时候休息一下了。

二

"嘿，兄弟，要手机吗？最新的 iPhone 6S，便宜卖。"宇的休息被一个矮胖的男子打断。男子身着一件黑色牛仔裤，深蓝色短 T-shirt 不能遮盖肩膀墨绿的刺青。他说话的声音被刻意地压低。宇有点儿恼火，斜过眼光瞟了一下男子，坐直了身子并提高了警惕。

"兄弟，这手机是偷来的，急着出手。"宇看到男子掏出一台金色的苹果手机，熟练地滑开手机锁，并演示般地打开着一些软件。"兄弟，你看，如假包换的 iPhone 6S，便宜卖你，你看要不要？"

宇看着男子的动作，心里在想是不是高仿的山寨手机，于是示意男子把手机给自己看看。宇接过手机，手指在屏幕上舞动。男子迅速环视了一下车里的情况，在宇旁边的座位坐下，向宇的身子挪近，宇本能的往窗户边外挪，并看了看男子，男子觉得失礼，将身子挪开，开始介绍手机的来路："这是从火车上偷来的，现在急着出手，这个价，兄弟你看如何？"男子从座位的边沿，偷偷地将手放到裤前，并警惕地看了看四周，摆出一个"八"字。

"800？！"宇闷出一声惊讶。"一台价值近 5000 的高端手机，只要不到 1000 的价格，天上掉馅饼到我的头上了？"宇觉得很是不可思议。

"不，兄弟，800 不贵，兄弟我急着出手，如果兄弟有意，价格好商量。"男子赶紧说。

"可是我想要也没有这么多钱，我只有 200 在身上。"

"200 可不行，兄弟。虽然我做的是无本买卖，但是总得吃喝，同时还冒着很大的风险。我看就这个数了，你要是合意就成交。"男子再次摆了个手势，迅速看了看车上闭目养神的乘客，将声音压得更低。

宇表示身上没有这么多现金，需要去银行取款，而且汽车将在25分钟后出发。"我知道出去不远就有一个自动取款机，来回不到10分钟。"宇表示不放心，自己孤身一人，万一被敲诈或是手机到手被定位。"兄弟放心，我做这行也不是一天两天了，我保证你的安全，手机到手我们都会刷机，绝对保证手机的安全性。"男子自信满满。

宇心里有点儿警惕，可是看到男子手中自己心仪许久的苹果手机，不免心动了。宇从包中拿出银行卡，男子迅速让开过道，并让宇先下车到出站口等着。男子看到宇到了出站口，从车上跑下来，绕过几辆停着的客车，东张西望却又装着找车的样子，来到出站口，和宇一起往取款机处。

一路上，宇从男子的口中了解到他是坐B市到C城的火车，在进A城时将手机偷到手，并趁下车的机会混出火车站，来到汽车站寻找买家，而宇是第一个。"我们做的是无本生意，虽然很不光彩，但是我们也是为了生活，每天在火车和人多的地方奔波，有时候几天才弄得一台手机，然后以很低的价格出售，不过我们还是有原则的，只要买家合意，立即出手，并保证手机不会被定位追踪。"男子说话声音相比刚才大了很多，也没有了刚才的东张西望，但还是小心翼翼地说着。"我们做这行的，首先得懂货，这样才能更好的将货出手。我们主要是以苹果、三星等高端手机为主，因为这些手机很火爆，同时价格比较高，一般人想要却不愿意花太高的价格买，我们便行这个便宜之道，让买家也能拥有自己想要的东西，绝对物超所值。"

男子让宇自己去取钱，然后在离宇50米左右处等待。宇取出刚才男子出的那个数，放入裤带，手插在裤带中，走向男子。男子领着宇走进一条宽巷，除了凌乱停放的车辆，几乎看不到路人。宇心里开始紧张，然而当脑子在晕乎中闪过即将得到一个大便宜，也就壮着胆子，在交谈中将钱放入男子手心。男子拿出手机，迅速将钱放入裤带，将手机交到宇手中，说："兄弟，再给20块买包烟吧！"宇犹豫了一下，男子重复了一遍，或许因为激动，说话带着颤抖。宇看到了那肩膀上的刺青，抽出20元，准备把玩手机。男子立马说："兄弟，前面左转往前就可以到车站。"男子看看手表，道："只有8分钟就要发车了，兄弟快走！"男子的声音急促而且颤抖。宇觉得也是，带着满心欢喜，匆匆忙忙赶回车站。

三

　　宇坐在车上，车上并没多少人，旁边还没有人坐，宇掏出手机看看外形，突然发现摄像头和闪光灯不对劲，于是按开机键，一直没有反应！宇愣了，看了看手机尾部接口，仔细的检查了手机的全部——完了，手中拿着的既不是真机，也不是山寨，而是一块全比例的 iPhone 6S 手机模型——外形、手感甚至重量都和真机一样！

　　宇无力地靠在座椅上，晕乎中觉得自己的灵魂就像被吸走一样，脑子一片空白。宇告诉自己冷静，回忆着这10多分钟的漫长过程，渐渐清楚了整个骗局的流程：男子首先以较低的价格诱惑目标，试图抓住目标渴望拥有和贪便宜的心理，然后以真机给以示范并消除目标的戒心，接着说服目标上当，最后在拿到钱时，将钱和真机放入裤带过程中，从裤带中取出早已准备好的模型交给目标。同时说着让目标分心的话，使目标将注意力不集中在手机上，好在路口分道扬镳，拿钱赶紧走人。

好奸诈的骗子！

四

此时，汽车已经发动许久。宇看着窗外远去的 A 城，将手中的"iPhone 6S"奋力扔出窗外。"此刻，天边的云彩都在嘲笑。""这个社会就是利用欲望在相互欺骗着，骗局里的人都是输家。"宇的脑子似乎没有了身体那样的疲倦。

云边的太阳开始收敛笑脸却依旧没有带走那份炎热，在远处泼洒出迷人的云霞。宇全然没有心思欣赏这段不属于家乡的风景，以及用新的手机拍摄"夕阳无限好"的惬意。

宇又回忆了整个过程，深深舒了口气，看着天边迷人的彩霞，迷糊里，颠簸在整个骗局中。随着 A 城最终消失在眼际，天边的云彩更加绚烂，也更加暗淡了。宇眉头渐舒，嘴角微微上扬，他从裤带中抽出 4 张取自取款机的百元现金，那钞票崭新火红，如晚霞一般，充满魔力。

风的呢喃

微风往事

罗怡芝

1994 年深秋出生；2012 年夏天高中毕业；2017 年，想去成都。是个想把日子过成诗的人。

曾经历了许许多多，现在，我似乎明白了什么是幸福：过恬静的隐居生活，尽可能对人们做些简单而有用的善事，做一份真正有用的工作，最后休息，享受大自然，读书，听音乐，爱戴周围的人。这就是我对幸福的诠释。

——乔恩克拉考尔《荒野生存》

二零一一年八月三十　周二

当我在时光深处看到你的墨迹。
那一刻，
就像是在千万年的尘埃中寻见一枝娇艳的玫瑰。
娇嫩的花瓣上还沾有晶莹透亮的水珠。

只是，

手持玫瑰的女孩已长成有故事的女子。

二零一一年四月十二日　周二

要有最朴素的生活，与最遥远的梦想。即使明日天寒地冻，路远马亡。

二零一一年七月二十六日　周二

人，一个一个都走掉。栀子花还开着，只是在黄昏的阳光里看到它，怎么看，都觉得凄凉。

二零一一年十月五日　周三

夜半听见秋雨又淅淅沥沥地下了起来，穿越雨幕的风从窗缝里挤了进来。有些凉。

清晨出门，天有些暗沉。路上湿漉漉的。

盛开了数月的夹竹桃，在桂花香飘的时节，终于在夜雨中无声地坠下。洒了一地的，温暖的水红色花瓣。

夜来风雨声，花落知多少。

二零一二年三月十日　周六

阳光在午后终于从厚厚的云层中挤了出来，覆在对面房子的屋顶上，海蓝色的瓦镀上了一层薄薄的金，甚是好看。

那一霎，心里都载满了云朵和阳光。是岁月赐予的美好与静谧，是时光驻足而望的欢愉。

我也有要去的地方，一个不太冷的地方。

二零一二年七月二十六日　周四

这两日忽晴忽雨，一会是晒得人发晕的太阳，一会是像冰雹一样的雨点。推去蔚蓝的天，洁白的云，老天乐此不疲地玩着愚弄人间的游戏。心像秋天的蒲公英被风轻轻吹远，却失了它所期望的方向。那些关于美好的记忆，是童年吹起的彩色泡沫，在阳光下剔透，在温暖中破碎。

我一直没有勇气去做自己想做的事，久而久之，心事搁浅，无法前行。最后总是在失望或绝望中销声匿迹。像从未出现过一般。有很多人过得不好，也有很多人过得滋润。笑的，哭的，累的，各种都有。在阳光漫天的时候，我喜欢仰头看树叶，那样的树叶很好看，绿得像是有无限生机，天也蓝，云也白，生活似乎就那样美好了。

二零一二年八月四日　周六

夜深了，窗外路灯昏黄，刚下过一场夜雨，风从纱窗里穿過，透出几分清凉与清新。

时间在眼角眉梢轻悠而去，如今已是八月了。这是不平凡的一年，就要带着爱与光去看小城以外的世界，就要体会那无限牵挂与想念的心情，就要独自生活在别处。

《月棠记》里有一个叫重光的女子。我一直很喜欢这个有力量的名字，洒脱、重生。

或许，无论世事如何轮回转变，我们都应该相信自己，总会有路可以到达我们梦想的地方，把那一束能给人力量与希望的光放在心里，伴我们一路勇敢前行。

二零一二年九月十八日　周二

这是来到安龙的第十三天。半个月都不到的一段时间，却真的觉得十分漫长。

已经连续下了三天的雨，这让我想起曾在饶雪漫的小说里看到的雨城——雅安。你看，我最终，没有如愿。我没有走得很远很远，可在心里却觉得走得很远很远了。从开始到现在，也渐渐习惯了这里的生活，夜里清凉的风，还有远处不长树的山。在这里，这些山实在不能称之为青山了，小小矮矮的灌木艰难的在稀少的泥土里生存，这些山，像剪了短发的男孩。有些利落。天柱的山是青的，是连绵的。我还记得蓝田的山，小时候跟着大姑去山里挖兰花，走在长满野花的小路上，一座座相连的青山在身边安静的等待我们经过。那些绿色的屏障，载着我多少童年的梦。

如今，我终于生活在别处。没有家，没有认识很多年的老友。在这座陌生的小城，很多时候，都无法任性了。翻开电话薄，也联系不到像菜菜陈扬真真他们这样的朋友，我总在心底呢喃，走吧，每个人都应该有独自成长的权力的。真的，我过得很好，每天都是笑嘻嘻的，心事都在日记里，还是你送我的呢，ysl。ysl，你还好吗？龙桢跟我说你的衣服发霉了。我知道的，你跟我说过你家里很潮湿。我叫他代我向你问好，他不肯。其实我依旧每天都在惦记着你，不论是雨天还是晴天。离你去学校的日子越来越近了，你应该很高兴吧，你终于可以去那座城市开始你新的生活，一切都是新的，也可以看见，新的她。无论怎样，希望你好。

好像是前天吧，我和十多个同学去了一个叫绿海的地方，那是一个有些大的被山围绕着的湖。去的路上我看见了大片大片的荷田，橹橹，我这是第一次看见那么多的荷。骑着自行车在林荫道上，心里是惬意的。天那么蓝，云是大朵大朵的，那些时刻，没有沉重。

写到这，突然不知如何继续了。外面还在下着雨，外面应该很冷吧。

远方的你，你们。都还好吧。

二零一二年九月二十二日　周六

许多人想行云流水过此一生，却总是风波四起，劲浪不止。平和之人，纵是经历沧海桑田也会安然无恙。敏感之人，遭遇一点风声也会千疮百孔。命运给每个人同等的安排，而选择如何经营自己的生活、酿造自己的情感，则在于自己的心性。

二零一四年二月二十六日　周三

当我老了，就住在一个人不多的小镇上。房前栽花屋后种菜。自己动手蒸馒头、腌咸菜。养一条大狗。每天骑自行车、散步。不打扰别人，也不希望被打扰。老就有老的样子。低调从容。所谓的天荒地老就是这样了。一茶、一饭、一粥、一菜，与一人相守。

岁月是朵漂泊的云

杨茜

1995 年出生于贵州省天柱县，现就读于南昌大学科学技术学院中文系。作品《木犁》曾获江西省大学生写作大赛一等奖。

我与三姨六年未见，在踏上开往南京的火车上我是有些欣喜和不安的。外婆时常说她命苦，母亲也老是念叨家中姊妹最亏待的是她。年过四十的女人历经了三次婚姻，如今再度离异，只得独自抚养幼女租住在小镇上，这大概就是她们所说的命苦吧。儿时的记忆中三姨是一个时尚漂亮的女人，穿着垫着海绵的宽肩衣服，乌黑及腰的长发，面颊红润，颧骨突出，耳朵上挂着银晃晃的吊坠耳环。我吃过她从远方带来的美味是一桶火车上剩余的泡面，这是我第一次用折叠式的叉子吃面。我把汤喝了个精光，早上起床还舔了舔嘴角，把红烧牛肉味儿想了个透，应该是从这时起我就开始向往远方。轰隆隆的火车声和红烧牛肉面的味儿，就是我儿时最向往的远方。

三姨与守着丈夫孩子的母亲不同，她身上有软软好闻的香气，嫩白的手上戴了个显眼的金戒指。母亲则是"床前有三双鞋"——愁钱愁米愁孩子，日夜为家庭琐事操劳，柴米油盐酱醋茶，仔细着过日子。这时的三姨刚离婚，在外面挣了些钱回来看望两个孩子，我的小表哥们浑噩过了一天的幸福时光，穿着新衣服背着新书包戴着时新的手表享受这奢侈的母爱。我抓着母亲粗糙的手，她拖着我急匆匆的快步走着，我用力扯了扯她的衣角，她还是不理我只顾朝前走，我最后甩开她执拗小跑着往前奔。

此时的三姨刚挣脱婚姻的牢笼，是存着一丝希望可以往更高处飞去，俯视更多的风景的，望着一山更比一山高，撒欢似的自由去飞，是解脱还是又陷入沼泽，谁又知道命运的定数?

她的故事就从辍学那年说起吧。依她的话说，是年少图快活，与邻里姊妹相约去山上砍柴割猪草，夜里共枕互诉心事。姑娘大了，也没留得几年，就如一场春雨后笋芽一夜之间从泥土冒出了头，火红的花儿开醉在春风里，味道浓得诱人，挠得人心头痒痒，似乎再不摘就得烂透了。她当年不顾家里的反对毅然决然嫁给了村里人的远房亲戚，也是闹得够烈，外公外婆顾及面子便也随她去了。父亲和母亲的婚姻则是外公外婆一手促成，听母亲说她那时是有个心仪的小伙子的，是邻县一个有工作的上进青年。她嫌父亲又黑又丑，因是家里的长女，她只得与父母慢慢磨，表面听从安排。她与父亲订婚三年，夜深时读着心上人的长信，而父亲就如同一头埋头苦干的老牛，当了三年的长工，最后因这份真诚娶到了母亲——还是冒着不能生育的风险。婚后生活也不大宽裕，常有拌嘴，但母亲常说过，父亲没给过他浪漫的爱情，没让她享过荣华富贵，却给了她大半辈子的安稳。

三姨果敢选择自己的婚姻，最后却分道扬镳，命运的错综复杂谁又说得清呢，不免落了些悲凉。因我未曾体验过家庭婚姻的琐事，不会与她一起去怨恨数落那个男人的不是，但我深知以这样的失败收场是两个人的原因。她性急，刚硬逼人，大抵是这性格的不是让人记不得她的勤劳和辛苦。

在小镇与她见面时，她那宽肩垫着的那块海绵，像是在岁月的流逝中被挤得干瘪没了水分，苦笑中皱纹也散开了。她紧握着我的手好久才说了这么一句，"几年没见了，都长这么高了。"我也硬生生回了句，三姨还是那么漂亮。可惜时间紧凑，只是匆匆一面，她就急忙赶着回别人家去做事。

再见到她时是在贵阳外婆家，听母亲说她又找到了合适的人，年龄相仿，男的会心疼人，家里也没什么负担，孩子都大了同意他们的结合就凑合着过吧。什么是"合适"呢？应该可以这样解释吧，找到有一棵可以依靠的大树，紧抓住眼前的稻草，有人照应又省了房租，搭建一个遮风避雨的家。她穿了件红棉袄，面色红润，烫了卷发染了时兴的颜色，倒是俏得很。临睡前会给那个姨夫发短信，打字很慢，遇到不会的字常来问我，看了短信的内容，她倒是像个恋爱中的小女人，也热衷于拍照与姨夫分享。她还是一只鸟，需要依附，没有了迎风而上的劲头，累了倦了，只想要一个遮风挡雨的窝。

只愿这是一份永久的幸福和最终的归宿，是永不苏醒的美梦。

公路，公路

杨甄芳

1993 年 11 月生，贵州省天柱县人，毕业于上海政法学院。崇尚法制，崇拜艺术。忠于沉淀，相信至善。

买完东西有些晚了。

夜幕降临，车灯似火。

站台。旁边等公车的还有其他年轻人，看上去也都是和我一个样子，一脸的漂泊模样。没有人嬉闹。或沉默，或麻木。而我也拿不出几分热情去与人搭讪，只得拿出耳机，笨拙地解开耳线上的结，插上我的音频播放器，吹着春夜的冷风，焦急地张望着。

终于赶上回学校的公车。拼命挤了上去，找了个最后的位置坐下。

这离学校有一个多小时的车程，而这六十几分钟里像极了一个人在旅行。

公路长而颠簸。

公车就像只有一个方向的鱼，游在这条深不见底的黑水河里。有时像突遇急流，车里一阵摇摇摆摆；有时又安静得出奇，能听到离水面百尺的地方在冒着水泡的声音。可是，很多时候，车里的人都望着窗外，大概都是一些心事作祟吧。窗内一片昏暗，看不见任何人的表情。

公车旁并着一辆小货车，货箱是空的，车尾坐着两个人。在路灯映照下，我看见一个看上去有些苍老的男子，和一个大概十二三岁的黑衣少年。在气温只有几度的夜晚，两个人穿得很单薄，中年人背靠在货车厢的侧面发呆。再看那个少年则是单腿悬坐在车尾，一副倔强的样子。大概是在这边打工的孩子。

我回头又看向车内，司机应该早已厌倦了每日都会重复的奔波，售票员也会觉得这百年如一日的工作让人烦闷。放学或下班回家，很多人会经过同一条路，坐同一路车。然而谁也不认识谁，甚至连个脸熟的照面都会被遗忘。在这，我想大部分都是外地人吧。他们的家都在哪里呢？他们的家会和我的家是同一方向么？会和我的家一样，也是只拥有寂静的灯火便可以狂欢的地方么？

我知道，有的是一家人都到外地工作。无论怎么辛苦，只要每天都能见到家人，和家人一起吃着热腾腾的饭菜，这又何尝不是另一种天伦之乐呢！想到这我倍感萧索。

此时的车窗外灯火通明。车轮急速转动碾压道路，发出得意的响声。伴随着的还有风声。这风和着轰隆作响的发动机的声音，可以刺穿耳膜。这真叫人难受。

路上，匆匆经过的，有桥，有房子，有路灯；有树，有商店，有行人。灯光、霓虹，亮成一片绚烂。猛然，一片老式住宅区冲进视线。我爱极了住宅区这样的灯光组成的万家灯火的感觉。

城市，越繁华，就越萧条。

来到这后，听闻了很多名胜，我却从未到过，也不曾有过兴致。因而我永远不会知道那里是什么地方，有什么人，都做些什么。有时候想，如果是天柱就好了。那个小城，承载着我的过去，亦支撑着要去实现梦想的我。但是，昨天太近，明天太远。

小时候，常常会和住在一个医院宿舍的小伙伴在那个不足八十平米的小院子里玩过家家，或者在老人民会堂旁的"天然"滑滑梯那玩到天黑，会叫上表哥表姐骑车去飞机场那边捉一下午的鱼。开始上小学的时候，放学回家就会先做完作业然后去给妈妈洗菜。后来家里有了电视，就天天赖着电视看，电视越看越近，终于把自己看成了近视眼。

初中的时候偷偷去过网吧，开始有些担心遇到坏人，多去了几次就莫名其妙地开始不屑，然后装出一副天不怕地不怕的样子；还曾经和自认为玩得最好的朋友闹过分手，绷着一张脸不愿道歉，回到家就一个人哭得稀里哗啦；当时还喜欢过班里一个男生，是那种看着他就觉得很美好的喜欢，是那种他一走近就画风突变的喜欢。

再后来，高考大门在我面前，威严耸立，压力排山倒海而来。我带着我的近视眼，把自己伪装成一个很有理想抱负的人，拒绝了再去找小伙伴玩耍，拒绝了再去网吧玩游戏，也拒绝了第一个向我表白的男生。

越来越多的未知在向我招手，我越来越迷茫。我不知道高考的前方在等待我的究竟是什么。

而那个被叫作天柱的小城，我也从未想过，我会离开它。

一个地方，十七年的习惯。触摸这座城市我从未感受过的喧嚣，心里充满迷茫和酸涩。我这才知道，迎接我的必然是另一种从来没有过的生活。

　　思念总是这样猝不及防。从来没有想过，我也会这样想起家来。无论过去怎么样，当你离开后，你还是会想它，想那个你已习惯了多年的地方，想那里发生的事和那些事里的人们。

　　漂泊，只要有人牵挂，便不是流浪。我喜欢这种说法。我曾说，总有一天，我要背上自己的行囊去流浪。可当真正离家远行，我才知道，故乡才是心里可以栖息的地方。而心若没有栖息的地方，到哪里都是流浪。

　　于是我牵挂着它，牵挂着他们。我没想过，有这么一天，我也会想着想着便觉得心酸，想着想着便忍不住泪流满面。我还是个涉世未深的孩子，我想着像余华一样十八岁出门远行，想一切如莫拉维亚所说的都会称心如意，可是我们不懂的东西太多太多了。到后来的某天，你发现你突然懂得的其实是极其古老、普通、尽人皆知的东西。然而在心里，故乡的那个缺口永远都带来扎根一般的痛。

　　离家远去，才觉春风刺骨。
　　猛然回望，只恨身非鸿雁。

　　这六十几分钟，像流光闪过一般快，又像有一个世纪那么长。我分不清虚实，只是提着自己的东西下车时已觉察不出那丝疲乏，紧接着便走进了学校老树掩成的夜幕中。

坐上火车，流浪到你想去的地方（外一篇）

罗丽娟

1994 年生，现就读于北京语言大学。喜欢旅游、摄影、散文、许嵩。

坐上火车，流浪到你想去的地方

青春和时光都会凋零，只有住在心里的那一朵花能够永远的灿烂下去。

记不起那天是几点钟带上自己的行李出发的，从赶上公交的那一刻起，似乎四周的空气都随着自己的心情而变得稍稍愉悦起来。公交上那一张张陌生的面孔都是那样的平静而祥和，一个微笑，一个眼神。于是就这样，告诉自己，会将这一切埋在日记里，任它发芽。

有时候站在陌生的地方，环顾四周一切陌生的人与物，未尝不是一件有趣的事情。那是属于一个人的美好，仅仅一个人罢了。提上那不大不小的行李箱，穿梭在人海中，你会忘却你启程前的不开心，也许那时的你，在寻找着你心中的归宿。

那一条条胡同，传来的是久久的老北京味儿；那一排排木房，承载的是满满的苗族人的勤劳；那一串串糖葫芦，带来的是足足的快乐；那一片片玉米地，送来的是堆堆的幸福……

不管是什么地方，不管是遇见什么样的人，只要带上当初想要行走的那一份心情就足矣，仅仅如此。一个人走在街上，所有的一切都是未知数，也都充满着好奇。这也就是一个人行走的最大魅力。在不同城市不同街道走走转转，你定会领略到你所不知的新心情。不在乎它有多久，也不用担心它多久溜走，你只需静静品味那一切的美好。

总是会有说离别的时候，至于会不会再见，再一次相见，那都是随着心情而定的，说不定下一站早就埋在自己的眼睛里，紧紧闭上后，又会再一次出发。也不必问在其中获得什么，单单是自己的眼神就足以引发深思，那些只有自己才能感受到的微妙的幸福才是真正的幸福。也不必去在乎路途有多遥远，仅仅是途中的风景就足以一饱眼福，那些只有自己才能看到的迷人的风景才是真正的快乐。

当踏上往返的火车时，那一声声前进的鸣笛定不是你想听到的小曲，此刻的你也不必过于伤感。停下来看看身边的风景，那些还没来得及认识的陌生人……

遥远的故事记得带回来给我

铅笔灰，鱼肚白，不压抑；天空蓝，薄荷绿，不清新。

下过雨后的屋檐，果然是适合风铃。从窗外看到，风刚刚冒出嫩芽的声音，很轻。

吞下秋冬后，白杨木的年轮，又胖了一圈。蜻蜓的路线，还是只适合出没在乡村。离家出走的猫，开始觉得当初很愚蠢。于是乎我们最在意的青春，是不是藏起来了。

桌上的书还是老样子，削铅笔机刨起的木屑香味，在用空间的味道勾小指。橡皮也还有半截，旧字典被风吹得作响，单单寻不见"你"。

我想你一定是来不及，来不及细数围绕在身旁的星星点点。在寂静的山水之间毫无踪迹，似乎从来没有发生过，也永远不会再发生。那里有微风，有彩云，还有暖阳……

在确定你离开的那天，我打开字典，开始查什么是离别。躲在装满糖果的屋子里，未曾眨眼。糖果纸，大概秘密记住了，某个人加了盐的样子。

风在我耳旁说，你去了远方，很远很远的远方。从蜻蜓飞走的那刻起，我信了。和那只离家出走的猫一样，猜你去的是哪一个远方，那里的晚上能不能躺在草坪上看星星，那里的白天能不能光着脚丫吹着海风数浪花。墙角的那株小野菊开了又落，不厌倦。它曾许过诺言，要再看你一眼。

我将潮来潮去的过往，用月光，逐一拧干。回忆，像极其缓慢难以溶化的糖，或许已经在退潮的浪，来不及风干。将月色洗净沥干，舀一勺丑时，煮茶。趁着星星还在，哼一小曲儿，听一阵北风。萤火虫指引着方向，好像那便是我一直追寻的远方。

　　到底要怎么邮寄，一枚灵巧的歉意。被反复斟酌，细心折叠过的语气。那些风干的童稚，幼小干瘪的身子，怎么也挤不胖我的心事。静谧的夜色，增添的，不止是没有你的伤感。

　　某个清晨，已将你不在的时光，装进口袋里，写成文字，打包在厚厚的信封里。途中的风景不再是故事，只是因为没有你。没有地址的明信片，没等你回来，便逐一泛黄，字迹也不再清晰。天花板挂着的小彩灯，不时还会转动。等你回来的时候，将这一切，全都变成你爱的糖果，让它包围你，不再溜走。想象着你回来的那天，阳光暖暖，微风袭人……

　　从此不再过问你，为何不打招呼地离开。只想静静聆听，从远方带来的故事，是有你的故事。

山海经

漫步上海（外一篇）

王艺伟

女，贵州天柱人，以文字和声音为梦想，喜欢写，喜欢倾听，喜欢徒步旅行。

漫步上海

当我无所顾虑地买下一张前往上海火车站的车票时，脑海里突然出现了"流民"和"勇气"这两个词，可能是把眼前的人都当成流民了，在这里，本地人和外地人真是傻傻分不清楚，谁都有可能在问你哪条路怎么走，这时你才恍然大悟，其实这座城市早已是移民的天堂了，而大家都是从四面八方赶来的流民，所以根本谈不上孤独，因为所有人都和你一样，但这样的选择却不是每个人都可以承受的，至少这需要勇气，每一段行程都需要足够的勇气，不然就只能原地踏步了。

我爱漂泊，但不够勇敢，我会经常遐想很多震撼生活的片段，比如一次说走就走的旅行，比如一番毫无顾虑的话，可时间却常常让我担忧着，比如旅行，说不定我就遇见了歹徒碰到了自然灾害？说不定我就被傻傻地骗进狼窝又或是发生了交通意外？越是这样顾虑得多，我的遐想就越像一场梦，到最后，我已勇气全无。而这张前往上海的火车票正是我用勇气买到的，它依然可以归结为一笔人生的财富。

在没有人陪伴的情况下，一部带有网络的手机就是导游，我就是在它的指引下来到了南京步行街，体会了上海地铁的拥挤，感受着这条商业气息浓厚的老街，此刻，我已全然忘却我是一个人。就这样穿行到外滩，站在上海最美的建筑群前眺望黄浦江对岸的东方明珠塔，突然觉得世界是安静的，连同我的思想也一起安静得休眠了，不过我没有贪恋这美景，我的脚步也不会为它停留，最多是放慢速度，这可能便是我理想的人生吧。

继续向前，走了很远很远才来到城隍庙，但从外滩走过来的人几乎就没有，可能是路程有点远了，而我更愿相信我那没有停歇的脚步一定会带给我不一样的感受。城隍庙里依旧是人山人海，这和苏州的观前街有点相似，不过大都市总有大都市的味道，至少这里连做小本生意的大叔大婶都能 Speak English，简单的英文对话对他们而言真的算得上 So easy 了，这就是家乡所吸引不了我的原因。

穿梭于城隍庙，搜罗着一件件吸引我的物品，百度着城隍庙里最经典的特色小吃，就这样一边翻地图，一边向可爱的制服哥哥问路，疲惫的我终于从上海老街走出来了，结束我短暂的上海之旅。

以前在武汉找工作的时候，很多用人单位都会自以为是地向我抱怨我们这样的年轻人，说我们总是拥有一颗漂浮不定的心，总是容易被大都市的繁华吸引，可他们哪里知道像我们这样的年轻人，之所以拥有一颗漂浮不定的心是因为梦想太牢固了，当我们发现所处的环境不能服务于我们的梦想时，可能我们选择了让心去漂浮而让梦想继续牢固着，而我们之所以容易被大都市吸引，是因为我们太需要进步了，把自己安置在大都市中是对自己的一种严格要求，就像在北京连扫地的大妈都是普通话二级甲等，就像在上海连做小生意的大叔大婶都能说一口流利的英文，这就是大都市的魅力。

当然，像上海这样的大都市的确不适合一般的人工作，像有些人所说的那样，这里不过是有钱人的天堂和穷人的地狱。但这一切的印象终究是来源于别人的言说，怎么也比不上亲自去体会。

很多人无法理解旅行者的心情，他们狭隘地认为你不过是想比别人多看几座城市，但我却觉得人生的每一段行程都该是珍贵的。将脚步踏出去，这本身就是一种勇气，要相信，任何一座城市都有值得你学习的东西，任何一座城市都有等待你去挖掘的宝藏，人生几何，能有几次说走就走的旅行呢？生命本来就是靠不能停歇的脚步在维持着，我们不存钱，因为我们可以没有车子和房子，但我们不能没有前进的勇气，更不能缺失信仰，至少一生都在为车子和房子奋斗的人是可怜的，终其一生都不过是世俗的奴隶，最后还会在临终前对着自己的灵魂忏悔，对着身边的人遗憾，但依照信仰去生活的人却用尽一生在完善自己的灵魂，只有自己才知道这是一条充满了快乐和价值的路，就算是死也心满意足了，将来到了另一个世界我们才能看到这依旧发光发亮的灵魂。

上海，这一站，在我的人生中代表着被打开的勇气。

苏州印象

恐怕这是我最难忘却的行程了，拎着大包小包在陌生的苏州市里寻找住房，却频频闯进景区和文化街道成为游客们的背景，那种苦累和窘迫，怕是再美的风景也没法抹掉。

与我同行的还有好友曼曼，我们一路颠簸着抵达了苏州火车站，对于具体要去哪儿，彼此都很茫然，面对这座陌生的城市，我们更多的是把希望放在即刻产生的想法上。刚出火车站门口，就不停地有当地的大叔和阿姨向我们走来，看着是非常热情，一直在我们身边问我们要去哪里，说可以帮我们指路，但我和曼曼都是在武汉生活过几个月的人，加上初到另一座陌生的城市肯定会更加警惕，所以我们的态度总是微笑着摇头或者直接无视地走过。但热情的苏州人依旧表示可以为我们指路，看看不远处穿着制服的警察，我们还是扭捏地接受了。

苏州人的热情和谐得就像苏州市的建筑，从走出火车站那一刻，我就深深感受到了。我们乘坐在开往苏州大学方向的公交上，妄想着大学附近会出现很多便宜又温馨的宾馆，结果是我们拖着重重的行李徒步在干将大道上，被热浪般的空气熏进了一家蛋糕店，店主见我们把行李放在门外，便热情地招呼我们把行李拎进去，然后吹着空调坐在里面慢慢品尝完再走，于是我们感恩地享受了短暂的十几分钟。

在苏州的第一晚，我们住的是园林路那边的一家连锁旅馆，也就是拙政园附近，感受着苏州特有的两三层楼高的园林式建筑，觉得特别温暖，这里总算是没有都市的繁华和喧嚣了，连建筑都这么温柔的样子，这一趟果真没有白来。

　　第二天，我们又拖着重重的行李开始寻找住房了，这次是徒步到观前街，一条聚集了苏州各种特色商品和工艺品的文化街，但疲惫冲散了我们观看的心情，最终，我们奔波了两个地方，终于住进了苏大家属区。这个小区位于苏州市的新园区，这边的建筑倒是很现代化。我们住的房子里面还没装修，虽然设备齐全，但环境确实很差，可毕竟是漂泊在外，一切都得将就适应着了。

　　八月的苏州尤其热，加上受台风影响，这让初到此地的我们很吃不消。有好几天我们都是宅在房间里，筛选让我们去面试的公司，可终究没有令我们满意的。每一通电话我都会细心地问很多问题，他们也十分耐心和友好，面对你的犹豫，他们也会表示理解，并鼓励我们慢慢考虑，因为他们也是这样过来的，衡量一份工作当然得考虑很多，而不是盲目地彼此应承。从这些用人单位的态度来看，我真的觉得他们是有素质的人，虽然他们也急着招人，但他们还是能够同时为你考虑，这也是苏州人可贵的美德。

　　熟悉些后，我们便大胆地穿行在苏州的各个角落了，就一张纸质地图和电子地图，加上一张会问路的嘴，我们去了盘门景区。去盘门景区纯属偶然，这是一位人力车司机根据我们当时所处的地理位置给我们的建议，他十分耐心地掏出一张图向我们介绍，如果我们要去博物馆得至少等上两个小时，因为那天是周末，人流量可能会很大，如果我们要去狮子林或者拙政园，那可能路程有点远，车费也会贵上几倍，门票也是盘门景区的两倍，而盘门景区同样是著名的园林代表，人文景观也尤其迷人，他的热情同样打消了我们的警惕，综合分析，我们还是决定前往盘门景区。

　　这是我第一次坐人力车，它有点儿像电视剧里的黄包车，不同的是黄包车是靠车夫拉，而人力车是靠司机骑。路程并不是很远，但在热浪的袭击下，司机的背影看起来尤其疲惫，这让坐在车里的我们感到很心酸，我们为他庆幸着，还好他的乘客是比较瘦小的我们，而这样的热情和努力却只能换来十块钱的人民币。曼曼是不忍心的，她说她再也不会坐人力车了，因为他们的背影太令人心痛，而我却表示，下次再来苏州时我一定多备点儿钱，然后好好坐一回路途更远的人力车，算是心痛之外的支持吧。我想我当他们的乘客会是他们期望的，一来我不足八十斤，二来我不会跟他们讨价还价，这样在支持他们的同时也能减轻他们的疲惫。他们让我想起了恩施的麻木，当然，麻木是机动的，而他们却必须靠自己的双脚，他们的背影比盘门景区的风景更美更迷人。

一时间，我对苏州的评价全是正面的，因为我找不出它在哪里有缺陷，热情友善的苏州人，温馨的园林建筑，干净清爽的地面，物美价廉的工艺品……怪不得会有"上有天堂，下有苏杭"这样的说法，论生活，这里的确很适合我，至少这座和谐的城市不会伤害到我这弱不禁风的躯体，所以我可以无所顾忌地穿行于每一条街道。

可惜的是为了明天的路，我无法继续留在苏州去窥视它的全貌了，但我会带着它留给我的余温去继续勇敢前行，我会告诉更多人，苏州是那么温柔而美丽的一座城市。

苏州，这一站，在我的人生里是一张温柔的标签。

三探鬼架桥之夜宿峡谷（外二篇）

吴育杰

1992 年 8 月出生，贵州天柱人。2011 年毕业于天柱第二中学，现就读于贵州大学。

三探鬼架桥之夜宿峡谷

和农舍看完《少年派的奇幻漂流》，拍案而起，感慨万端，并立即决定与之共赴鬼架桥山里生活三两日，寻洞穴而睡，捕飞鸟而食，饮沟壑之泉，聆飞瀑之音，不哀人生之须臾，尽享自然之无穷。

次日的实验课叫人顶替了。我带了一把刚买的小刀，三个打火机，一盏别人寝室借来的台灯，一件稍厚的外衣，一条裤子，一双拖鞋，一包餐巾纸，两个手机充电宝，若干塑料袋，一条可以作为制作弓箭用的绳子，一本草稿纸，一支笔。又往北区大拇指超市买了些干粮——四包方便面，十块钱的徐福记沙琪玛，六七个小苹果，以及一瓶泸州老窖白酒，一瓶矿泉水——以上便是全部。两人欢天喜地出发。

我们乘车到马场下车后，徒步一个半小时到了鬼架桥处，我站在天生桥上，看以前所见对面山上的石洞，只是那石洞又不是记忆中的样子，记忆里的石洞洞口挺大，里面能容纳三五人的样子，而眼前所见不过是半山腰悬崖上一个直径约一米的小洞口。而记忆中桥下方应当是一片荒废了的平坦的田地，而眼前所见，又叫人倒吃一惊——幽深而狭长的峡谷，还有流水。大约是记错了，脑海里。

我们到那不久之后，有几个本地的农夫也登山爬上来了。我想往桥下的峡谷中走去，因为未曾走下去过，而农舍却决定在我们登山上来的山下扎营，因为那儿有一片草地，而我因为嫌其走动的人较多，而又向往陌生的地方，执意往桥下的峡谷里走。意见不合，自然是分道扬镳。我拿了我那不锈钢饭盒，留给他一个配套的不锈钢碗。正背包预备起身的时候，他妥协了，觉得还是和我一起。当时我还为此沾沾自喜，以为自己在一次心理上的较量赢了对方，后来却才知道他是放心不下我一个人。

我们朝桥下的峡谷中走去，桥上的几个农夫对我们喊：不要往下走，下面有鬼！我听之，毅然前行，不顾。虽然不顾，心里却因他们的话留下了些阴影。走到谷底之后，因为农舍不喜欢住山洞，更兼山洞所在又挺高，况且还不确定具体的位置，故没有去找寻。我们顺流而上，又徒步了一个小时，依然找不到一个满意的扎营的位置，眼看天色渐晚，夜幕逼近，我们走在幽暗的峡谷中，不免焦急起来，若继续往上走，不知当到何处，又是否能找到比较满意的扎营地，不得而知，农舍问我是继续往前走还是退回桥下的峡谷底，我说由他决定。于是二人又往回走，走到桥下谷底已将近六点。此处虽说不上叫人满意，也大约过意得去了。

扎营地选在一块巨大的岩石上，表面凸凹不平，但没有选择的余地。用农舍买来的两张锯片去锯了数根小竹子，其枝干用于扎营，枝叶用于垫睡。外框弄好之后，他拿出了公寓里偷来的装垃圾用的大型塑料袋，用刀划开之后围于其上。见此，不免感叹:奸诈之徒也!

在他扎营的时候，我去林中捡拾干柴，捡得了不少，以为也够烧到明日了。我生火，预备煮面吃，毕竟肚子早就咕咕地提醒了。我煮的是泡面，他买了三包面，以及一袋火锅底料。吃罢之后二人围火聊天，他拿出烟丝，点燃之后还朝我喷烟气，问:香否？答曰:不觉得。他说:没救了，这辈子与烟无缘矣。我答:正好。我取出泸州老窖酱香型白酒啜饮，不时给他一口。二人欢笑，心里的快乐如眼前跳跃的火苗一般。

对于十分依赖手机的我，没有手机可谓寸步难行，而这谷底又无信号，全然与外界隔绝，虽说来此深山之中露营，其一便是适应孤独，把玩孤独。此时虽然还有农舍在旁，而孤独的情绪却已侵蚀全身。可是多么地想给谁打电话，可是多么地对谁思念不已。想着若是与农舍分开的话，不知此时又是何种境况，但毫无疑问会比现在糟糕百倍。自己一心打算住山洞，不会扎营且不说，仅仅孤独与黑暗带来的恐惧就能把人逼得崩溃。

我靠着背包竟睡了过去，醒来甚是清冷，看农舍侧卧在旁，火苗已熄，尚有红红的火种。我忙推他，叫他起来生火。因为还有火种，生火倒是很容易。只是木柴所剩无几，而此时却十一点不到。农舍建议再于林中找寻木柴。于是二人拿着台灯又去山林中寻找一回，大约半小时后，找到了不少。围火坐了一阵，拿出农舍买的雪饼来吃，想着此番境遇，非大吃不能平复。不多时，复又睡去。如此一夜冷醒了五六次，每次醒后都起来生火烤火。

清晨起来时已下起了毛毛雨，而农舍所扎之营，既不能挡风，又不可避雨，惟能遮些露水。想着雨天林中哪里也去不成，于是决计回去。虽然预备出来三两夜的，现在一夜便回去，倒是叫人耻笑了。只是下雨天，又无可奈何。如此想罢，二人煮了面吃了早餐，欣然归途。像迷路了找到了妈妈的蝌蚪，像久经沙场可以回家了的将士，一路欢欣雀跃而归。

回想自己此次露营：没有叫上二虫先生来陪我们受苦，委实不美；没有去山洞探视一番，略显遗憾（可能里面有宝藏呢）；没有去捕飞鸟，有负前言（虽然谷中鸟影皆不见）；没有去两三夜，而是一夜便归，有半途而废之感。然而虽有些许遗憾及凄苦，但更多的是收获：纵然只是这一决定，便叫人激动不已，而走进深山，其欣喜更是袭遍全身；既增进了友谊，又有了露营之经验；既融身于山水以怡情，又有了人生的思考之感悟。而这又岂是在学校终日以游戏，或如卧病之在床，无所事事之徒所能体会及明白！

茂兰之生死穿越

近日看综艺节目《跟着贝尔去冒险》，让我想起了两年前独自一人穿越荔波茂兰喀斯特原始森林的经历，虽不说记忆犹新，然而经历之处亦难以忘怀。

虽说喜欢旅行，却因为客观条件限制，很少远行。因突遭变故，心情不知所以，故抱着散散心的目的，在网上搜寻一番，最后把目的地定为荔波。

在火车上，我正望着窗外发呆，邻座的哥们便与我闲聊起来。问我家在何处，哪个学校，什么专业，情感状态……我终是难以忍受此番热情，便装作头晕目眩，埋首不语。

到达荔波县城已是夜幕降临，便急着找住处。问了两家之后，终于在一家客栈安身。房间清静雅致，很是满意。而价格亦很便宜，不过六十一晚。对于一个旅游热门城市，这样的房间这样的价格，倒让我惊叹了。

看网上攻略，觉得微雨游小七孔更有意境。而今日阳光明媚，不如先去徒步茂兰好了。于是从县城花七块钱坐班车到巴克检查站，站口冷冷清清，两个值班阿姨惊愕之间还以为我是当地人。待穿过青龙潭、青龙瀑、青龙涧，一路赏玩，忽见农舍错落，散布青山绿水间。我走进一家经营农家小炒的屋舍，胡乱点了一份素菜，也不管盛上来的米饭半生不熟，囫囵吃了便向老板打听穿越漏斗森林的路线。老板叫我去问隔壁的张大哥，张大哥知道了我的来意，叫我必须得雇一位向导带路，否则仅凭自己是肯定会迷路的。况且徒步穿越需六七个小时，里面全无信号，又有野兽及猎人布下的诸多陷阱，贸然进入可是十分凶险。向导费要 150 元，而我没有多余的钱，又觉得有向导带路失去了挑战性，于是执意要一个人穿越。张大哥无法，只得找来一张纸和一支笔，叫我写下责任保证书，并互留电话号码，嘱咐我若出现意外则打 110 报警。我答应着，疾步上路。

然而并非很顺利，在一岔路口，我选错了路，穿过黑洞、九龙洞、神仙洞，历经两个小时绕了一个大圈，又重新回到了之前这岔路口。此时已是下午两点一刻，我盘算着若是继续穿越漏斗森林，天黑之前是否能够走出去。纵然保证不再迷路，时间也够仓促。但若是此时放弃，不就半途而废了吗？纵前面凶险，不过生死由命。我戴上耳麦，走上了岔路的另一条。

随着步幅的前进与时间的推移，山路愈显荒芜，林木更见挺拔。而我，真正进入了漏斗森林。腐败的枝叶被踩碎发出的声音愈显林之幽静，偶尔头顶大鸟扑哧的展翅声，倒把我吓了一跳。林中蚊虫甚多，随时有一堆密密麻麻地围绕在身边，实在可恶。不过，最头疼的莫过于遇到岔路了，那样我只能粗略地靠指南针和凭感觉判断走哪一边。终于，路越来越难以辨识，而我，已彻底迷路。当看到腐烂了只剩羽毛的大鸟，难免唏嘘。当看到一个被随意丢弃的零食袋，我已无心指责别人环保意识的缺失，而变得十分兴奋，原来我偏离正道未远，原来此处曾经有人涉足。

林中的光影越来越暗淡，此时已近下午六点，再过一个小时天就黑了。而我迷失在茫茫原始森林里，独自一人。

因为是第一次独自旅行，经验不足。没带上厚的衣服，而食物也只剩下一盒饼干，一个面包，半瓶矿泉水。尽管有些沮丧，却并不感到担忧和焦虑，倒显出几分平静。我想着寻找山洞或爬到树上去睡一晚，明天或许就会有人经过附近呢，即便没有，明天大约也能走出去的吧。主意已定，愈觉心安。于是在一块大石头上坐着休息，看着自己的脚，简直惨不忍睹。穿一双跑步鞋来原始森林徒步实在是件愚蠢的事情。

水显然不够，但此时天色已晚，再去寻找水源实非明智之举。而我甚至连手电都没带，毕竟，穿越原始森林不过是到荔波后一时兴起，并非早有准备。于是，我便选定一颗高大乔木，开始往上爬。待爬了七八米，抬头看上方枝桠处似挂得有何物，仔细一看，竟是一条蛇！我这一吓不小，直往下滑，还好后背有背包垫着，摔下去无碍。此时惊魂未定，我又重爬回大石块上休息。尽管身处原始森林充满兴奋，却难抵此时的沮丧情绪。

正在大石块上休息调整心态，忽听到咕咕的叫声，似鸟叫又有所区别。我竖耳细听，约隔三十秒，又听到咕咕的叫声。倒像是人学着鸟叫的声音，十分玄乎。难道这森林深处除我之外还有其他人？我喊了一声："有人吗？"没人回答。过了片刻，又听到咕咕的叫声，我心里纳闷，又喊了一声："有人在吗？"过了十数秒，听得"你是谁？怎么在这里？"的喊声从对面山腰传来。我简直不敢相信，这时候这森林深处竟还有其他人！欣喜之余，我连忙回应："我一个人穿越漏斗森林，迷路至此。"他叫我往山谷下走，果然，待从山腰下到山谷，一条小路隐约浮现在眼前。他也走下了山谷，看上去不高大，却很精悍。脚穿一双解放胶鞋，手持一把长筒猎枪。头发已有一段时间没打理，却有一种凌乱美感。眼睛炯炯有神，五官轮廓分明。

他告诉我，翻过刚才那座山头，那边设置得有许多捕猎野猪的陷阱，如果走到那边去，真是有去无回了。他说我很幸运。是啊，这么晚还能在森林深处遇到人，我岂不幸运。就算遇到死尸，也比遇到活人的概率大吧。然而，却被我遇见了。

他问我是否还想继续留在森林里，完成一个人的穿越和探险。我思忖了会，觉得自己终是准备不足，不如先走出去，待时机成熟再来好好感受这原始森林不迟。况且遇见他也算是冥冥之中的注定，如若强留，岂非违背上天旨意？于是我回答说："留给下次吧。"

我跟在他身后，踏着月光在林间崎岖小路上跳跃前进，终于，在晚上八点半走到了他家。而此时明月高悬，唯听到虫鸣蝉噪。我坐上他家摩托车后座，疾驰穿梭于夜色之中。再次躺在客栈温暖的床上，我拨通张大哥的电话，告知他我已安全走出漏斗森林。窗外昏黄的路灯显得很柔和，而此时的心情前所未有地平静。

大雪封山，洛克线绝境求生

汪伦说他一夜都没睡着。我问他："你是因为太喜欢这雪天而欢喜得睡不着吗？"他说："我是很喜欢雪，但是我怕我们会死在这雪原里。"

徒步洛克线的第六天，我们迎着疾风踩着冰雪翻过海拔4700多米的杂巴拉垭口。一路下行，又沿着悬崖边爬上一座几乎令人绝望的山头。五步一歇，冷累不堪，后终于抵达新果牛场。在一片草地中顶着雨雪搭好帐篷，换下早已被浸湿的鞋裤，简单吃了些面食，冲服一包感冒药，各自钻进帐篷不题。

从前一天的下午六点半睡到第二天的八点过钟，雨雪落在帐篷上不曾停止。我们迫切地希望有一个干燥的地方，可以用于生火烤干鞋子、衣物，乃至帐篷、气垫和睡袋。幸运的是汪伦在雪山脚下发现了一座我们一直希望遇到的石屋，而里面虽然漏雨却也胜过在这雨雪的天气里毫无遮蔽的草地太多。我们迅速搬进了石屋，吃上了热和的菜饭。

时至傍晚，整个山谷已一片雪白，我们因这雪景而欢喜雀跃，在这白茫茫的天地间，有一座石屋，有三个徒步者，多么干净！但欢喜又变成了担忧，我们拨打所有熟知的紧急求救电话，但都未能拨出去。而我们仅剩两斤大米、三把挂面、一把粉丝——四天之粮。大雪已封山，我们被困山里。前进最快两天能到达亚丁，后撤最快三天能走到都鲁村，且需要沿着悬崖边翻过一个山头，再攀爬雪更深的杂巴拉垭口。但无论如何，是前进还是后撤只能看明日天气再作决定，今晚安心歇息。

第八天早上，便有了篇首的问答。而门外的雪还在无休止地下，积雪相比头日也更深矣。若是外面有一头牦牛，我们定会想办法猎杀。但目前谁也不知道在海拔 4200 多米的牧场里雪会在什么时候融化，抑或是会一直持续到来年的五月份。而一头牦牛最多能维持一个月，一个月后我们终将被饿死。在某一刻我想到了死亡，我以为我会在某次登山死在雪山之上，但我不曾以为自己会在雪山下被冻死或者饿死。

面对这境遇，汪伦感到不安甚至恐惧。而农山和我依然平静。我们依靠着手机之前下载的轨迹，尝试着前进，但踩在三四十公分厚的雪上去寻找路，完全是徒劳无功。前进不得，而在此停留又终将被饿死，于是只得后撤，虽然雪已经把路完全覆盖，但来路我们毕竟走过。面对此绝境，我们只能选择自救，尽管面临着跌落悬崖和冻死在垭口上的危险。

我们还未走多远，便迷失在了之前走过的灌木林里。左冲右突，却依然陷于其中。我们发现海拔更低的河谷里还未被雪覆盖，但和轨迹不在一个方向上。汪伦想下撤到河谷里然后指望着沿着河谷走到有人烟之处，而农山依然坚持着往来路撤回。我想着来时还未被雪覆盖的悬崖之路，如若一不小心滑下悬崖，那尸骨难寻矣。而这，不管是谁，生者死者都难以承受，故而徘徊。后还是听从农山的，一心回撤。而此时我们发现了一排牦牛在雪地里的足迹，沿着这足迹我们安全地走过了悬崖。我和农山都被震惊了，因这牦牛的足迹，因这冥冥之中的指引。

农山想拼尽全力翻越垭口，实在不行在哪儿走不动了就在哪儿扎营，尽管是冰天雪地里。我则想择一避风雪的大石后扎营，养精蓄锐明日一鼓作气翻越垭口。艰难地跋涉在及膝甚至深达腰部的巨石嶙峋的雪地上，而我们依然负重四十余斤，每一步迈得都那么吃力。时日不早，我们走到了一块大石头后，趁着风小雪浅，就地扎营。农山的帐篷杆在手忙脚乱中被折断，于是三人同挤一个帐篷。从扎营到钻进帐篷这段时间，手脚早已冰痛如刀割。而我们把炉头也带进帐篷内，舀了一锅雪用来煮面。也亏得农山耐性好，在折腾了近两个小时后他的炉头终于听话可用。这一夜，气垫再次被雪水浸湿。这一夜，雪花透过外帐的排气窗吹到我们的脸上，冰凉冰凉。这一夜，谁都忍着尿意，没有再钻出帐篷去解手。

历经一夜风雪摧残，帐篷依然完好无损。我们不再在这风雪中准备早餐，而是想尽早翻越垭口。所有的干粮除了每人一支葡萄糖就是昨天带来的前天剩下的冷饭。我想过丢掉其余的衣物和洗漱用品，甚至丢掉帐篷和气垫，以此减轻负重尽早走出这绝境。但是我没有，一如昨夜帐篷在风雪中的坚持。我只丢了弹弓和几十颗之前被农山丢了又被我捡来的钢珠。

轨迹是从山谷的右侧攀升至垭口，而我们以为从山谷的左侧上去会容易一些，毕竟在这么厚的雪地里路已经完全失去了它的意义。但是想走捷径的时候往往会走更多的弯路，当我们走了两个小时，发现依然在前晚营地旁边转圈的时候是何等沮丧！庆幸的是我们除了手脚冰痛之外，身体没有其他受损。当我们每个人的脸上都挂着失望的时候，我说："你们以前有经历过这样的险境吗？走过这么深的雪，和雪山如此亲近过吗？我们不该为此感到欢喜振奋吗！"

历尽艰辛，我们爬上了杂巴拉垭口，从艰难的深雪中跋涉变成平途乃至下坡。我使劲全身气力狂吼两声，这是一场极限挑战的胜利，这是绝境逢生的欢喜。我们走出了雪地，于万花池牛场一石屋内搭帐篷，生火取暖。再有两天我们就能重回都鲁村，回到人烟。

这是一场夭折的穿越，但这也是一场视觉的盛宴，是一场隐者的修行，是一场绝境求生的壮举。如果说对洛克线还有什么期待，那么我希望五十年后我们三人能再走一回。是时，无论是怎样的疾风骤雪，我们当不复还矣。

道出黄哨山
——曾廉与黔东最晚一所儒学书院

姚源清

侗族，1991 年出生，贵州天柱人。2014 年毕业于贵州师范大学。热爱写作、思考，做过高校社团会长、民刊主编、媒体记者、企业文化主管等。贵州省作家协会会员。

黄哨山，离天三尺三
人过要脱帽，马过要下鞍

　　　　——当地民谣

一

黔山多险峻，黄哨尤过之。

黄哨山，当地亦称"皇上山"。黄哨山位于贵州省天柱县与锦屏县交界，自古即为险隘，明中叶，始有驿道直通山顶。作为镇远府至黎平府的必经之路，明清两朝，凡由京城、省城至黎平府上任的官员，黎平府赴省进京赶考的书生，抑或往返两边的客商行旅，均须取道黄哨山。

《黎平府志》记载，光绪十四年（1888）六月，云南人赵一鹤赴任开泰（含今锦屏、黎平部分县境）知县，"捧檄之任，道出黄哨山"。在一篇题为《黄哨山行记》的旅行笔记中，赵一鹤忠实记录了这次黄哨山之行的景象：

> 凭高四望，尘障一空，天风吹衣，飘飘乎有灵虚之想。俯视众山，或如堂奥，或如釜钟，或如屏障回合，或如儿孙罗列，纠纷满目，未可一一名状，要之皆崎嵝矣……[1]

黄哨山目不暇接的美景令赵知县情不自已，尔后又陆续赋诗几首，并引出了"下山转较登山险，客路何如世路难"[2]的一时之慨。

与"飘飘乎有灵虚之想"的赵知县不同，先他八十三年路过黄哨山的黎平知府冯兆珣，其经历却没有那么浪漫。嘉庆十年（1805），冯兆珣赴任黎平府，途经黄哨山，"倏有役夫十人群相拥扶，且懔懔有惊色……其直而陡也，亦复如针之悬，手持足撑，精力具疲。"[3]及至山麓茅坪安寝，冯知府"魂梦犹惊"，方知黄哨山为"黔山第一隘径"，名不虚传。

由于山势陡峭险绝，黄哨山也令不少行者心生怯意，恒嗟行路之难。冯兆珣上任翌年，黎平一位府学教授跌坠黄哨山，双腿废折。这更坚定了新任知府兴修山道的决心。于是，冯兆珣出资雇请当地民工，历时半年，改修山道，其后又经当地民众屡次补修，自此，一条从山脚至山巅的青石板驿道才告完成，其石阶五千余级，延绵数里，蔚为壮观。

正因黄哨山地理位置的特殊，历史上，不少文人墨客路经此地，都毫不吝啬地留下了墨宝。雍正年间，贵州学政邹一桂有《逾黄哨山宿茅坪》诗，诗云：

黄哨山高上接天，下窥万里隔云烟
陡然身落云烟里，闲倚江楼送客船

乾隆年间，锦屏知县董淑昌也写有《早过黄哨山》一诗：

第一峰头驻马看，朝烟散尽见江湍
岭含晓色千重霁，风动天声万里寒
故国遥腾沧海气，孤身远隔碧云端
殊方莫怪无消息，水复山稠雁度难

在诗人们的笔下，黄哨山不惟高、险，其雄、美、远等特色亦跃然而出。可以说，黄哨山之风韵远非一端可以概尽，其高险之处，固然如前人所言，"壁立千仞，径折百盘"，④然其于陡峭险绝之外，却别有一种兼容并蓄的气度——幽寂而激荡，雄浑而灵秀，可谓"兼美之美"。

1941年，广西桂林至贵州三穗公路修通，作为交通要道，黄哨山退出了历史舞台，但就文化存在而言，黄哨山的影响却一直延续到了现在。

二

在我最初的印象中，黄哨山是与白云寺联系在一起的。

相传元明时期，湖北游方僧人甄道乾云游至此，见黄哨山雾岚缥缈，千峰拥翠，便生了驻留之念。于是建天云寺（后改白云寺、白云庵），弘扬佛法，超度生灵。历经数代，黄哨山香火渐盛，终成为清水江下游重要的佛教道场。

然而，对于黄哨山历史上是否有甄道乾其人，我一直颇为疑虑。仅就目前的文献来看，并没有关于甄道乾的任何记载。倒是《天柱县志·仙释》（光绪版）里的一则逸闻，或许会是一个意想不到的启示。"仙释篇"载，乾隆年间，居仁里（今天柱县高酿镇）僧道乾在黄哨山天云寺修行，一日辞山云游，山主三十余家备斋为其饯行，"僧幻化三十余身，同时在各家领谢而别，后不知所踪，相传与其仆东来并坐化而去"。仙释篇虽然辑录的是仙游、禅游的逸事，不可采信，但从其中提供的信息来看，甄道乾的名字极可能系僧道乾的音讹，而甄道乾建天云寺，也许只是后人的杜撰或假托。

不过，这并不影响天云寺声名远播，史无可考，反而为其增添了一层神秘的色彩。山色清净，溪声广长，加上逐渐兴盛的香火，让黄哨山吸引了不少访客。据说，明朝湖广晃州知府吴赓虞就曾叩访天云寺，并撰有"曲径云封留客扫，禅门月静待僧敲"一联，经后人书写镌刻于寺。可见，黄哨山作为清水江下游的佛教文化中心之一，其香火的确鼎盛一时。

需要说明的是，当时的造访者还多为一些士子游宦、善男信女，甚至不乏啸聚之辈。清朝咸丰、同治年间，姜应芳起义军还曾于黄哨山上安营扎寨。[⑤]但不可否认，更多的人到黄哨山只是为了游山玩水、烧香拜佛，因而，就这一时期的历史文化而言，黄哨山的影响还非常有限。甚至可以说，进入二十世纪以前，黄哨山的文化内涵仍然比较单一。直到公元1902年，一个名叫曾廉的黜官涉水东来，这个殊方之地才真正意义上出现了文化交响。

曾廉，字伯隅，号澄滨野人，湖南邵阳人。《邵东县志》（1993年版）上说，曾廉"3岁时便（尽识）沿街招牌、对联，10岁能属文，15岁而为《田家杂兴赋》，20岁考入县学，后选入岳麓书院。"可见其人自幼聪慧，天分颇高。1894年，曾廉中举，次年会试不中留京担任国子监教习，并参修《大清会典》，编纂国朝的制度典章。"庚子事变"期间，曾廉参投督师李秉衡幕下，抵御八国联军，失败后西行陕西，沿途巡查灾民赈济，被擢授陕西候补道台。

耐人寻味的是，关于曾廉被罢黜的原因，多种资料语焉不详。概其大要，多是"以言忤时之权贵，隐居于此（贵州）"，⑥或"用事者恶其始终立异，因诬以罪，有诏与彭王诸君同时废黜"⑦等。实际上，最根本的原因乃是，义和团运动后期，清政府为达与列强媾和的目的而严惩主张恃义和团交战的肇事诸臣，作为主战派的曾廉自然也成了这场政治交易的牺牲品，不久，曾廉即被以与主战派王公大臣"此呼彼应""议论嚣张，混淆观听"⑧之罪责革职，永不叙用。

1902年，带着一腔郁不得志的烦闷，曾廉沿沅江溯流而上，开始了长达近十年的贵州之旅。不难想象，当曾廉行走在清水江畔、黄哨山麓时的复杂心情，一方面，山遥水远的野趣让曾廉不胜感慨，"处江湖之远"的微妙情绪油然而生，另一方面，"黔之东鄙"的开化程度尤其孔孟之道的相对缺位，也让这位儒家信徒深感担忧。

实际上，作为侗、苗等少数民族的聚集地，清水江—黄哨山方圆一带素来民风剽悍，其风土人情多与中原不合，历史上也曾多次爆发过农民起义。而曾廉到黄哨山时，距离"咸同兵燹"还不到五十年，附近原本较少的一些私塾和书院经战火重创，仍然无力复建。曾廉深感学道废弛，于是产生了在黄哨山兴建书院、传播儒学的想法。

曾廉精通经史，尤好诗、词、古文，对传统典籍的淫浸，加上前国子监教习的教学经验，使得他的想法与当地民众对知识的渴求不谋而合，并很快得到了绅士名流们的响应。1902年，由居仁里帮寨、地坝民众按户乐捐，献工献料，在距白云庵不远处搭建了三间馆舍，因馆舍位于白云庵旁，故名"白云书院"。书院"山长"由曾廉担任，下设寨长、儒师，集门人讲学。

书院开学这天，黄哨山上群贤毕至，人声熙攘，看着灿然一新的学馆和激动的学子，"山长"曾廉一时思绪万千，他当即提笔书写了一副对联，聊表心志。联曰：

倚槛凭栏俯瞰锦江秀水滚滚为余荡襟
登楼附阙环观天柱名山纷纷向此低头

曾廉也许没有想到，在这幅雄心勃勃、稍嫌睥睨的对联完成不久后，黄哨山即为自己迎来了一个全新的时代。

三

就黄哨山一带而言，白云书院的影响是空前的。

首先，在治学方法上，曾廉采取先贤朱熹的《白鹿洞书院学规》进行管理，并制定《非斋学约》，使学者有章可循。而在其教学形式上，曾廉则变点授为集体课堂传授，改"两年读经、三年开讲、五年作诗应对"为"读、讲、用"并举，同时重视教学与研究的结合，提倡问难辩论，启迪思维，打破了以往程式化的教学方法。

这种在当地并不多见的治学方式，的确令诸多学子耳目一新。加上广收寒门学子，于是，天柱、锦屏两县的文人志士纷纷慕名来访，有志于学的士子，更是不畏黄哨山山高路远，负笈而至。一时间，黄哨山书声与梵音协奏，雅士与鸿儒论聚谈，白云书院因之人文蔚起，在清水江畔显赫一时。

按照《天柱文史资料·黄哨山白云书院简介》（1988年编，第3辑）的说法，当时坌处杨溪（现划归锦屏茅坪）的龙昭灵，高酿上花的龙秀三、春花的龙秀腰、邦寨的吴用竹，瓮洞岑板的吴见举等晚清秀才、举人均出自曾氏门下。这篇根据口述整理而成的文字，是我目前找到的有关白云书院弟子的最早记录。不过，毕竟只是口述史，是否完全属实，尚待考证。如参加过"公车上书"的吴见举，其与曾廉乃是同科举人（光绪甲午科），并长曾廉两岁，说吴出自曾氏门下，可能性不大。顺便说一句，与龙昭灵、龙秀腰等人不同，目前也没有其他资料显示吴见举曾求学白云书院，但在当时的情境下，曾、吴二人有所交集，倒有可能是事实。

无论如何，白云书院的的确确造就了一批学人。以龙秀腰为例，白云书院求学期间，秀腰求知若渴，"卖田十八挑，购《廿四史》等书一千余册，日夜攻读。"⑨从白云书院卒业若干年后，秀腰又在家乡创办私塾，舌耕为业，甚至"牧夫竖子，皆受其教"⑩，不可谓不受到白云书院的影响。可以说，黄哨山白云书院的创立，不仅让中原文化得以更为深入地传播到北侗地区，而且为民国初年天柱、锦屏两县培育了大量的人才基础，更为黄哨山一带孕育了"尊师重道""崇文尚学"的文化传统。

当然，金无足赤，以今天的眼光来看，白云书院也仍然存在其局限之处，甚至，在治学的某些方面还停留在十分保守的阶段。

众所周知，《白鹿洞学规》作为南宋以来的教育准则，其提倡教育的根本任务在于让学子明"义理"，乃至于身心修养，推己及人。朱熹认为，"圣贤所以教人之法，具存于经。有志之士，固当熟读深思而问辨之。"读书穷理，修己治人，一定程度上虽然有助于士子的人格构建，但当其时也，正值世纪之交，风云激荡，内忧外患，国家民族亟需的是经世致用的学问，四书五经能否匡国救民，不言自明。

此外，在白云书院《非斋条约》的主张中，如果说"学宜有恒、学宜有条理、学者宜知理"尚有可取之处，那么"文字宜戒时弊"恐怕就是一大败笔。文章不切时弊，不谈时事，对当世之种种病症三缄其口，其讳如此，何来救国之道？

这些，不能不说是白云书院的遗憾。

时至今日，本土学者们在提及黄峭山白云书院时，总不忘强调其在地方教育史上的特殊地位，即白云书院作为天柱县最晚一所儒学书院的事实（实际上，据《清代贵州书院表》统计显示，白云书院也是黔东地区创建年代最晚的书院），然而，对于为什么会是最晚一所这个问题，学界一直以来缺乏深究，而单纯地把原因归结于1905年科举制度的废除，恐怕答案还不够准确。

事实上，早在1898年戊戌新政期间，清政府就曾尝试过书院改制，但因变法失败而告终，后又于1901年再度推行。1901年9月，清政府下达书院改制诏令，明确规定"各省所有书院，于省城均改设大学堂，各府及直隶州均改设中学堂，各州县均改设小学堂，并多设蒙养学堂"[11]。随后两年，又陆续颁布了"壬寅学制"（1902）、"癸卯学制"（1903）与之配套，可以说，这一时期全国书院的改制已经逐步推进。值得一提的是，1901年的书院改制虽然首在正名，并且其教法上也仍以四书五经大纲为主，但却强调了"博通实务，讲求实学"的重要性，如要求以历代史鉴及中外政治艺学为辅等，不能不说是一次重要的改良。

作为 1902 年被罢黜的前国子监教习，显然，白云书院"山长"曾廉不可能对此一无所知。

四

在闪烁其词的历史背后，真相往往讳莫如深。

对白云书院和黄哨山历史文化的进一步探寻，使我不得不再度走近曾廉。与之前的想象不同，这位在公众视野中素来缺乏关注的晚清举人，却出乎意料地出现在《剑桥中国晚清史》中，以一个保守派的姿态而赫然在列。[12]

1898 年 7 月，戊戌维新如火如荼，凭借光绪帝诏令"群僚士民皆许上书"的机会，曾廉洋洋洒洒，以一万余字的《应召上封事》上书朝廷，在奏折中，曾廉指责康有为、梁启超为"舞文诬圣，聚众行邪，假权行教之人"，并附陈康、梁"罪状片"，重点搜集梁启超在时务学堂讲课期间的激进言论，向光绪帝请"斩康有为、梁启超，以塞邪慝之门"。[13]该奏折后来被梁启超称为当时最有力之弹章，曾廉也因此为守旧派赏识，成为名噪一时的人物。

作为礼教伦常的卫道士，无论对康有为的"托古改制"，还是洋人的传教，曾廉皆深恶痛绝，在《上杜先生书》一文中，曾廉阐释了他对于变法的见解，"变夷之议，始于言技，继之以言政，益之以言教，而君臣父子夫妇之纲，荡然尽矣。"[14]在曾廉看来，"中国一切皆非为制度之不良，而但为人心之败坏而已"[15]、"我中国为以数千年帝王之天，自有治法，亦何至海孺蛮陋乱我大伦。"[16]其思想之保守与偏激可见一斑，这也是为什么在反对戊戍变法和主战排外上，曾廉都无一例外地充当了急先锋的原因。

　　毫无疑问，曾廉心目中的政治理想是圣王治世、王道一统，他认为"……先王之道，其所以定上下之章、君臣之等、长幼之序、夫妇之别而尽心于礼乐者，莫不秩然就绪，人主可不下堂而理也。"[17]这当然不啻于一种幻想。而对于科举取士制度，曾廉也是百般推崇，在言辞上极尽赞誉，"我朝沿明旧制，以制艺取士，天下之人由此出焉"[18]，而"科举之士不足为时所用者，乃上之人不能用经术，非士之习经术而不足用于天下也。"[19]故而，在曾廉看来，书院改制实在没有必要，因为"学堂之与书院，犹多之与夥，少之与鲜，名殊而实一也"[20]。

　　凡此种种，似乎注定了一个事实，那就是无论在办学理念还是讲学实践上，曾廉都不可能为白云书院带来更多的惊喜。相反，我们有足够的理由可以想象，黄哨山之产生黔东地区最晚一所儒学书院，除了与这位晚清举人对科举制度的流连息息相关外，更多的可能是出于一种"邪说四布、圣学将微、人心将绝"[21]的焦虑心理，或者说，当曾廉面对一个农民频繁起义的荒蛮之地时，一种希图用儒家道统进行教化的念头，极有可能已经深埋在了这位信徒的心中。

　　旅居黄哨山数年，除了常规的课徒授业，并不时游学周边外，曾廉在这一时期的著述情况也值得注意。曾廉向来不乏著书立说的热情，加上对儒家"三不朽"价值的仰慕，自然而然便会产生一种提供不刊之论的强烈愿望。实际上，未到贵州之前，曾廉就已经陆陆续续地开始了其部分文学、学术、政论创作（这些作品后来都收录在了《爇庵集》中），而黄哨山的安适和清幽，更为他后来那部宏大史书——《元书》的出炉提供了绝佳的构思环境。

　　晚清民初，由于地域、文献视野的逐步打破，加上民族边疆危机等原因，元史的考订或重修一时风会所趋，魏源的《元史新编》、洪均的《元史译文证补》、柯绍忞的《新元史》即是其中的典型代表。和这些致力于史实考订的元史专家不同，曾廉并没有在这些方面花费过多的心思，编撰《元书》的目的与其说重在考证或经世致用，倒不如说是为了兴发某种春秋大义。在《元书》的"自序篇"中，曾廉这样写道：

元世异教盛行，天子亦执弟子之礼。昔者，有周之季，诸侯放恣，处士横议，以杨、墨之无父无君，举世汶汶信而行之，孔子之书所不惧，孟子辞而辟之廓如也。有唐之世，佛老横矣，则有韩子兴明先王之道以道之，然后天下一轨于正。夫杨、墨有隐有著，隐犹足以害世，况于其著张目以蔑君父耶！故曰：能言距杨、墨者，圣人之徒也。此则不揣固陋，执简以俟后世圣人君子者矣。㉒

曾廉自比圣人之徒，"身一日不死，必不与邪人一日俱生"，㉓故而，其修史也多用春秋笔法，意在申明纲常大义。曾廉认为，"笔削可以徐而审，是非不可曲而淆，文义可以错而歧，条理不可以纷而舛，此固良史之法也。"㉔这种褒贬人物史实是非、不注重历史真实的修史之法饱受后世诟病，也注定了《元书》在史料参考价值上的有限。

总体来说，《元书》虽然继承了纪传体的范例，体例完备，卷帙浩繁，但这些外观印象并没有让这部著作逃脱被冷落的命运，恰恰相反，在后世学者的评价中，《元书》被认为是"重修元史诸家中最不足取的一部"㉕。

五

1911 年，因时局动乱，加上家族杨塘书院的一再邀请，55 岁的曾廉携带 102 卷《元书》，在帝国的夕阳下踏上了回乡之路。

历史的吊诡之处在于，正当曾廉还沉浸于他的先王之道和圣王治世时，他昔日的学生却早已深受民主思想的影响，走上了另一条完全不同的道路，为黄哨山的历史文化留下了一个深刻的二律背反。

曾廉离开贵州的这年 10 月，湖北武昌起义爆发，随后湖南亦宣布独立，贵州自治党人公推曾廉的学生龙昭灵为代表，远赴湘鄂联络义军。实际上，早在辛亥革命之前，龙昭灵就已加入贵州自治学社，这位"黄哨山樵"也因此而成为贵州早期的同盟会员，被委任为东路指挥兼下游标统，负责平越、镇远、铜仁、黎平、天柱等地的乡兵训练工作，并于清水江畔开办兵工厂。抵达湖北后，龙昭灵领取了三千支新枪，经由长沙运至镇远，创立了贵州国民军。因功勋卓著，龙昭灵获授民国开国"嘉禾章"，随后在 1916 年的讨袁护国运动中，龙昭灵再度出山，被委任为黔东南片区司令。

在曾廉的另外两个学生中，龙秀三后来成为了天柱县立中学的一代名师，作为 1915 年学校改制后仅有的七位教员之一，其为天柱、锦屏、剑河、三穗一带培育了大量的新式人才；而"霞山主人"龙秀腰则是闻名遐迩的乡土诗人，除学问词章外，更因其精通医学、救死扶伤，获得了"神医"的美誉。1925 年，龙秀腰受聘执教天柱中学，次年，入王天培军中担任医官，并随军参加北伐。

当然，曾廉更不会知道，在他离开贵州若干年后，一个家住黄哨山麓、曾就学于天柱中学的青年学生龙大道，怀揣共产主义的革命理想走出了黄哨山。这位于1928年任中共浙江省委常委、浙江省委代理书记的侗家革命青年，先后参加并组织多次工人武装暴动，并于1925年被派遣赴莫斯科东方大学学习，1931年由于叛徒出卖被捕，被追认为"龙华二十四烈士"之一。

"大道之行也，天下为公"，曾廉与他的学生及后辈们，或抗击八国联军，或参加辛亥革命、北伐战争，或组织武装起义，或参办新式教育，其信仰者，也是先王之道、三民主义、共产主义不等。或许，他们之中有的对政治制度还缺乏想象，但无一例外的是，他们都为自己选择了一条坚定的道路：即为自己所认同的信仰和真理付诸终生。某种意义上，正是由于他们的分道扬镳，才为黄哨山的性格赋予了一种文化包容和文化张力。

遗憾的是，我们今天已经很难再去触摸这段历史的文脉了。命运的一次突兀造访，让黄哨山最终陷入了一场旷日持久的灾难之中。

1924年秋天，在曾廉生命进入倒计时的第四年，一股溃散的川军沿途袭扰至贵州天柱，意图由黄哨山折南进发广西。就在官军们洋洋挺进，陶然沉醉于黄哨山的秋色时，一场来自当地民团的袭击中断了他们的美好想象。面对这支突然出没在密林中的队伍，官军们措手不及，瞬间已有数人死伤。作为对袭击者的报复，他们怒不可遏地点燃了抛向白云庵的火把。

大火疾速地舔噬着庵顶，怒卷的火舌在秋风中蔓延出一道道幽蓝的焰花，伴随着空气中浓重的硫磺气味和燃烧引发的阵阵爆裂，清水江畔兴盛一时的白云庵，连同黔东教育史上最晚一所儒学书院，终于在纵火者的迁怒中化为瓦砾，而那些有关黄哨山的历史证词，也在烈焰的蒸腾中渐渐剥离、蜷曲。

人事已易，白云悠悠。再探黄哨山时，仿佛只剩下火焰背后浮现的晦暗面孔，还有种种关于道出黄哨山的幽微传说。

注释：

①②③④光绪《黎平府志》（卷二上）《地理志》，光绪十八年黎平府志局刻本。

⑤⑥民国《天柱县五区团防志》，1966年贵州省图书馆据贵州民族研究所藏本复制油印本，参看第14页、30页。

⑦⑭⑰⑱⑲㉓曾廉：《齽庵集》，宣统三年曾氏会辅堂刊本，参看（序）第2—3页、（卷十三）第18页、（卷七·下）第22—23页、（卷十八）第6页、（卷八）第40页、（卷十三）第19页。

⑧章开沅主编：《清通鉴》，湖南长沙.岳麓书社，2000年版，参看第932页。

⑨贵州省天柱县志编纂委员会编：《天柱县志》，贵州贵阳.贵州人民出版社，1993年版，883页。

⑩天柱县政协文史资料编委会编：《天柱文史资料》（第3辑），1988年版，第71页。

⑪陈谷嘉、邓洪波：《中国书院史资料》（下），浙江杭州.浙江教育出版社，1998年版，第2489页。

⑫费正清、刘广京编：《剑桥中国晚清史1800—1911》（下卷），北京.中国社会科学出版社，1993年版，参看第363页。

⑬⑳㉑曾廉：《应诏上封事》，中国史学会：中国近代史史料丛刊《戊戌变法》（二），上海人民出版社，1957年版，详见第489—503页。

⑮⑯曾廉：《齽庵集》，湖南师范大学图书馆藏，（卷八）第43页、（卷七）第4—5页。转引自阳信生：《曾廉的生平与

思想》，载《中南大学学报》（社会科学版）2003 年第 9 卷第 6
期。

㉒㉔曾廉：《元书》卷 102《自序下》篇，清宣统三年层漪堂
刻本，详见第 19—20 页。

㉕刘晓：《元史研究》，福建福州.福建人民出版社，2006 年
版，第 15 页。

树与石

泥瓦匠（外三篇）

姚源清

侗族，1991 年出生，贵州天柱人。2014 年毕业于贵州师范大学。热爱写作、思考，做过高校社团会长、民刊主编、媒体记者、企业文化主管等。贵州省作家协会会员。

泥瓦匠

泥瓦匠靯娃背着瓦刀经过篱院的时候，正是初春午后，桃花缤纷，我的父亲忙着和几个木工师傅在屋脊上盖瓦。木房因为年久失修，化雪时卧室和粮仓都漏了雪水，父亲只好从镇上拖来一车陈瓦，重新翻盖。那天的风一直呜呜地吹，把檐上的尘屑都掀飞出来，让人睁不开眼。靯娃就站在楼下哈哈大笑，咿咿哇哇地对不断揉搓眼睛的父亲指手画脚。我的父亲哭笑不得，他朝靯娃扔出一支甲秀牌香烟，同时比划着手势说："嘿，靯娃，你干脆留下来，帮我打个灶台吧。"

这是我对泥瓦匠耸娃的最初印象。

耸娃，在侗语中是哑巴的意思。我至今无从知晓耸娃的真名，只知道他姓杨，自小父母双亡，一直单身未娶，也大概因为半哑的原因，兰畔乡人便给他取了这个绰号，至于他的真名，反而渐渐淡忘了。但在兰畔，这似乎是并不重要的。相比于耸娃的真名，大家更愿意去谈论他的泥水活手艺。是的，在兰畔，你可以随处打听，耸娃作为泥瓦匠的名气的确闻名遐迩。单论砌砖的砍削涂抹，手疾眼快，在兰畔无人能及，只要耸娃经手的建筑，一般都经久抗霜，美观十足。关键还在于，耸娃是个老实人，性格木讷，颇好使唤，因此村寨每有砌砖盖房的活，主人家自然少不了要托人聘请。

耸娃当晚就在我家留了下来。依照父亲的意思，是要在里屋窗格边砌上一排灶台，外加一个盛水缸，方便上下的厨炊。自然，这对于耸娃来说算是家常便饭，并不困难的。在频频点头之后，耸娃和父亲连干了几碗米酒，当晚酩酊大醉。在我的记忆中，耸娃似乎逢酒必醉，由于担心误工，家里早中两餐的伙食是并不摆酒的，只有到了晚上，母亲才开门去房间取酒，满满地斟上一壶。耸娃对此并不介意，晚间依然和父亲喝得眉飞色舞，意兴融洽。

其时我年龄尚小，性格内怯而孤僻，但凡家里来了陌生客人，我是从不多呆的。但说来奇怪，对于耸娃，我却存在某种难以言说的感觉——总是有意无意地企图接近。比如一到吃饭时间，我便飞奔过去拉他衣袖，让他停下手里的忙活；当然更多时候，我静静地呆站一旁，捧着脑袋目不转睛的观望。

那真是一场精彩绝伦的民间表演，我至今这样认为。这个叫耸娃的泥瓦匠，一边吹着生涩的口哨，一边娴熟地从地上挑拣砖块，然后用瓦刀横削竖砍，舀抹泥灰，瞬间就把砖头砌得恰到好处，整个过程几乎一气呵成，完美无暇。这其中，他时时回过头来朝我挤眉弄眼，装扮鬼脸，神情间满是自得。我本能的感觉到，此刻鞑娃内心深处的轻松与自如。我曾经甚至一度幻想，自己日后也要做一个优秀的泥瓦匠，和鞑娃一样，游村窜寨，建筑房屋——那是我童年时代的躁动和梦呓，而鞑娃终于在灶台砌成之后离去。

那天的阳光四处流窜，篱院外面怒放着桃花和一些不知名的小花，芳香弥散，空气中渗透着一股如醇醪似的馥郁，寂静异常。鞑娃再次喝醉，而父亲却并不加劝阻，结了工钱之后，鞑娃便背着工具箱，跌跌撞撞地跨出了我家大门。没有送别，我顺着建成的灶沿，触摸那些洁净精美的瓷砖，以及用碎瓷镶嵌的"1997 年"字样，心中忽然涌起一阵怅惘。

也就是那年秋天，在母亲的护送下，我开始去村里唯一的小学上学前班。第一次远离兰畔，一切物事如此陌生，这使我本就孤僻的性格，此时愈加严重起来。一次，我竟然意外地逃了半天的课，一个人沿着街边走耍，百无聊赖地倾听木电线杆嗡嗡的电流声。逶迤而过的高压线下，一大群脏兮兮的搬运工，在货车下往来反复地卸水泥。我几乎是惊异地张开了口，同时连奔带跑，大喊一声："嘿，鞑娃！"烈日下，鞑娃艰难地从巨大的水泥袋下别过头，望着我呲牙咧嘴地笑了一声。那个下午，我就静静地坐在街边的田埂上，看着泥瓦匠鞑娃一袋一袋地背扛水泥，直到放学。

此后，我再没有见过泥瓦匠鞑娃。十多年后，我才陆续从兰畔乡人口中得知关于他的一些消息：鞑娃把原在兰畔的木房和田土都相继变卖和转让后，便投奔了远嫁他方的姐姐。当然，也有人说他是去外地打工；更有人说，因为偷窃财产，鞑娃被政府抓去坐了牢……众说纷纭。

似乎，只有一件事情是肯定的：

泥瓦匠鞑娃最终逃离了兰畔，不知所踪。

唢呐师

一曲刚歇，唢呐师便把铮亮的唢呐从嘴边取下来，小心地擦拭好，旋即倒放在桌上。

窗格外还飘着几丝冷雨，遥江的冬夜寒气逼人。我们围坐在木楼的厢房中，静静地听完唢呐师的吹奏。主人家好客，刚给火盆添过几节柏木炭，火花嘶嘶地闪跳着。两名唢呐师摆弄好家什，往床沿边挪了挪身子，靠进火盆和我们闲聊起来。

唢呐师是随同我们一道来给小叔接亲的。用祖母的话来说，现在的唢呐师再难请，但凡有个红白喜事，该有的还是不能少。"总不能像有的人家，录两盘唢呐的曲子，用音响反复播放吧。"为此祖母不惜花掉六百块钱，颇费周折，才托人在马鞍帮小叔问到了这对唢呐师。

事实上，直到抵达遥江的当晚，我才开始接触到他们。由于深冬天气，加上人生地不熟，用过油茶和晚饭后，我和几个不会打牌的朋友无所事事，只好摸到二楼左首的厢房中烤火。依照侗家的习俗，这间厢房是留给唢呐师工作和歇息的。一堂喜事下来，除了一些特定的安排以外，大部分时间他们都得待在里面，用高亢的唢呐曲迎送宾朋，为主人家捧场。

两名师傅均已年上六十，对于我们的冒昧打扰，他们显然并不介意。也许是为了证明自己宝刀未老，其中一位姓刘的师傅还挽起前袖，特意为我们吹奏了一曲高音调，自然，整个过程面不改色，一气呵成。刘师傅似乎意犹未尽，在随后的闲聊中，他甚至大谈初学唢呐的往事，言语间兴致发扬。

"你们大概不知道，"他拍了拍一旁默默抽着旱烟的搭档说，"这位滕师傅和我虽然年纪相仿，但实际上，他还是我正式的入门师父，功力比我高深不止十倍。"

"那您应该是其中年龄最大的徒弟了。"我们一边笑着，一边把目光移向滕师傅。

"亦师亦友吧，学成的也就他一个了。"滕师傅在火盆沿磕了磕烟袋，淡淡地回应了一声，一张古铜色的脸看不出表情。

通过刘师傅的讲述，我们才知道，滕师傅是以前也曾传授过几个后生，只是他们才学到几个把式，就跑外头打工去了。"别说现在的年轻人不比当年，就连很多老资格的唢呐匠，手头的家伙都放下了。"刘师傅语言间不无惆怅。按照他的说法，滕师傅也是遇见自己后才开始出山，重操旧业的。自从合作了十多年的搭档得病走后，滕师傅就一直窝在老家养蜂烧炭，其间再也没有上过门。"对于我们唢呐吹手来说，手头的技术活固然重要，但若没有默契的知音，敬业也就无从谈起了。"刘师傅坦言自己还算幸运。

一个朋友很冒失地问起了收入，刘师傅连连摆手，"快莫讲，笑话人得很，现在的人都不稀罕这个东西了，只能随着主人家的情面。"我明白他闪烁其词的原因，在我们这儿，大批的年轻人外出打工，一般来说除了白事，红喜都尽量往年边安排。淡季闲得发慌，逢上忙季又忙不过来，这对唢呐师来说恐怕再也寻常不过。这种情况下，有的人家则干脆不请唢呐师，把这道程序直接省下来。由此，唢呐师的境况是可想而知的。

但大家仍然不满意这个打发人的说法，正欲打破沙锅，忽然听到敲门声响，原来是主人家开始给客人安排歇息了。看看时间也已过了九点，只好起身告辞。离开房门前，刘师傅突然让我们稍等一下，他在怀中摸索半天，掏出了几张印制"唢呐师"字样的名片，颇为恭敬地朝我们递送过来。

"年轻人，娶媳妇记得要联系我们啊。"

我们连忙客气地接着，嘴里唯唯诺诺。此时，火盆旁的滕师傅也已从桌上操起唢呐，他手指灵活地在指孔上敲击一阵后，便用嘴巴凑上吹嘴，足足地鼓起了两个腮帮。

井

凿井的年月已不可考，大概兰畔人迁移至此，井的秘密就伴随而生了。没有人知道井的身世，井的年龄，包括凿井人，似乎都是一个未揭的谜底，这个古老的谜一直困扰着我的童年，对井的莫名敏感，观察和揣测，时常让我感到怅惘。

当然，关于井的谎言也是美好的。我对井的初始记忆直接来自母亲。儿时的我常常喜欢无端发问，对这个世界充满了疑问和好奇。"我是从哪儿来的啊？"有一次我这样问母亲。母亲一愣，随即眼睛闪过一丝难以觉察的狡黠，她一边织着毛衣，一边用棒针敲打我的脑袋："你呀，嗨……自然是寒冬时，我用竹箕从井里撮来的喽。"我虽不知道母亲回答的依据，然而童年的我，对此却十分迷信，从未质疑。后来我常常想，究竟是一种什么样的力量，使得井与我竟以此种关系而开始联结起来？

一直到现在，我还无从解答。但我笃信，我的生命必定是与井有关的，与井的秘密有关的。我童年时曾落过一次井，那是寒冬时节，冰雪覆盖，我头裹着严实的耳帽，脚穿一双滑底的保温鞋去井边找洗衣的母亲，却不料直接从石阶上直接滚落了下去。我不知道自己后来是怎样被捞上来的，庆幸的是大难不死，后来母亲哭哭啼啼地带我去祭井，烧香。虽然历经这样的遭遇，但我并没有因此而对井产生恐惧，心里反而充满了感激之情，似乎当初搭救我上来的不是母亲，而是井。

说来令人难以置信，我童年时代的大部分光阴都是在井边度过的，那时候我性情郁郁，远离同伴，内心极是孤独。曾有一段时间——几乎是每天中午，我都准时出现在井边，一个人静静地坐在土坎上捧着脑袋观望，那时候，兰畔寨里的大婶和姑娘们也陆陆续续提着衣桶过来了，她们笑着挽起衣袖和裤腿，露出白皙的肌肤，一边在青石板上流畅地槌打搓洗，一边相互嬉闹，追逐，偶尔有几只白蝴蝶从井台疲倦地飞过，竟觉这情景十分惬意。那些大婶还时不时大胆地开姑娘们的玩笑，每每此刻，掬水的姑娘们脸色立即绯红了起来，面若桃花，神态也变得十分忸怩。不知道为什么，这个时候大婶们总是暧昧而不怀好意地瞟我一眼，然后又是一阵肆无忌惮的大笑，现在想来还记忆犹新。

在我上三年级时，家里因为经济困窘，母亲选择了去县城打工。父亲因为要顾山里活，此后琐碎的家务就落在了我这个长子的身上。煮饭、砍柴、放牛、打猪草，甚至挑水和洗衣服，无一例外。那些日子，我常常用水桶或木盆装着一家人的脏衣服，绕着弯弯曲曲的田坎拿去井边浆洗，好在井水十分清凉，切实让我感受到来自夏日的凉意，那时候，我天天接触着水，接触着井，也无限接近着井的秘密。邻居大婶看着我洗衣挑水，每逢父亲就说，你们家娃都当得姑娘用了。

自然，井水从未干涸过，即使逢上大旱的年月，仍然泉涌如潮。更重要的是，老井水质甘怡，如饮纯浆，外乡人时常顾不上赶路，也要抢着喝上一口，好歇歇脚，爽气清神，继续赶路。在我的幼小的记忆中，兰畔人每天天刚蒙蒙亮就已经挑着铁皮桶，哐当哐当去井边挑水了。那时候井边熙熙攘攘，排队的人络绎不绝。井，似乎成了人们每天的生理闹钟，这一独特景观，一直持续到很多年以后。

兰畔人是从什么时候开始不再挑水的呢？

这个问题竟让我感到恍惚，只大约记得当时村村寨寨都流行使用自来水，兰畔人自然也不能例外，于是大家凑齐钱，去五六里外的山坡上把水管接了过来，此后足不出户就喝上了水，洗衣服也用上了洗衣机。人们也不计较水质了，老井似乎被人遗忘。只有到了大旱或者大冻的时候，才偶尔被人想起。

今年暑假，我放学回到老家，其时家乡已经连续干旱两个月多了。祖母一见面就抱怨着对我说，自来水早已经干涸，水井也因长久不用，水面上都飘满浮萍和渣滓，脏得不行，并让我有时间去"刮"下水井。"刮"是方言，清理的意思。我想反正左右无事，于是叫上几个年轻人，大家各自提着盆桶，重新去清理水井。我们赶到的时候，老井依然坐卧于山坳一角，水面上静静淌着几片腐沤的叶子，几只灰头土脸的鸟雀在井台上迎风微颤，不安地四处张望，一派苍凉情景。我知道，老井已然被荒废很久了。

不知怎么的，我又无端地想起了孤独忧郁的童年时代，眼前晃过那些洗衣的姑娘们的影子，她们也曾在这相互嬉闹追逐过，只怕如今早已远嫁他乡了罢。我深深地感到，在故乡的泉眼面前，在精神食粮面前，我们只有负疚，却无力偿还。而老井呢，故乡的老井在被遗忘多年后，剩下了这无边的馈赠与孤寂。或许，这是解读它的唯一秘密？

树

我要说的是故乡的一株木姜子。

很多年后，我才从兰畔乡人口中得知，木姜子是祖父在我出生那年亲手植下的，这样算来，它是在老屋背后整整成长了二十个年轮，历经了二十年风雨的。我常常猜想祖父当年这一举动的寓意，最终不得所以，抑或一切只是出于巧合？无论如何，我为自己对木姜子不经意的忽略深感内疚。

在故乡，没人会对这样一株平凡的木姜子多加瞩目，但祖父不同。祖父对木姜子的珍爱程度，有时如对待自己的亲人。他是绝不允许顽劣的孩子们随便攀爬和折枝的，就更毋言砍伐了。每每到了木姜花开的时节，祖父的兴致也高涨起来了，那些阳光流窜的日子，祖父总是从酒坛里取出几两米酒斟满，要一个人顾自喝上几杯。待到微有醉意，便提着一把铮亮的柴刀去树边走走，或就是坐着，也仍然一副兴高采烈的模样。

大概因为祖父的照料，木姜子长势甚好，到我十岁时，树干已然有碗口般粗了，枝叶也相当繁茂。木姜子产果，这是众所周知的，其果实不仅可作为菜食调味的作料，而且具有健脾燥湿、消化怯寒的功能，是一味难得的好药。不过，在孩提时代，这些功用我们是不知道的，而且也不大喜欢那种辛辣带麻，能够把人呛出泪水的味道。那时候的我还比较顽劣，每天只顾与小伙伴们玩着竹制的"啵枪"，乐此不疲，而发射所用的"子弹"从哪来呢？所谓的"子弹"，无非也就是植物的果实，只要是状小的野果，无论山上的，还是路旁的，我们逢见了就立即采摘，木姜子的果实自然也不例外。

祖父对此是颇为生气的，他也曾几度制止过孩子们，当然更多时候是温和的告诫。他常对孩子们说，木姜果是个好东西，不仅爽口，等到饱满成熟了，又是可以入药的，切莫再拿去浪费了。然而我们却听得似懂非懂，也终于没察觉出什么于己要紧的好处来。那时候祖父山里的农活也比较多，而当忙完回来时，木姜子树上的果实已然不少。后来我常常想，祖父当年是否也曾因此而痛心过，却又无可奈何？

木姜果真正的饱满，也就在深秋时候的样子罢。到这时，祖父就是最忙，也要放下手中的活路，腾出一天的时间来。他从清早开始，就把堂屋里的漆红长凳架在地坪上了，接着又找来小梯子和竹篮，一个人爬到老屋背后，小心翼翼地把木姜果采撷下来。被采撷下来的木姜果通常连叶带梗，一同用清水洗净之后，便被分装进了几个大竹匾，架在长凳之间，任其在阳光下晾晒几日。忙完这些，祖父的眉头才稍稍舒展，接着便从衣袋里摸出烟锅，悠悠地装起旱烟来。待木姜果的水汽蒸干了，果子也变得乌黑发亮时，祖父才将之收起，存放碗柜。当然，有时就直接用来下锅作料了。

后来，镇上有家药店开始收购干木姜果，并且价格较贵。祖父就是在这段时间里背着柴刀和蛇皮袋，翻山越岭地去寻找野木姜果。当然，这是在我升入县城初中，并且已经住校之后的事情去了。有一天，祖父一个人前来县城送礼，因为顺路，正好赶过学校看我。大概来到县城，祖父并不适应，所以穿着也显得很是拘谨，见了面，他就对我抱怨说，在姑妈那住不习惯，自己想下午就回家去。一边说，一边从衣兜里掏出一张五十元硬塞往我手里，随我怎么推辞都没用。祖父颇为自得地告诉我，这些都是他最近卖木姜果得的钱，刚送了一部礼花掉不少，剩下的，也就这么多了，你拿去买支钢笔。啊，木姜子！我闻言心里一颤，似乎又闻到了你的久违的气息，大山的气息，童年的气息。

这迷茫而忧伤的气息究竟伴随了我多少年？

从我初降人世，咿呀学语，到入学，求知，现如今，也已二十多个年头了。当我恍惚回首，并在浮世中渐觉倦怠与疲惫时，我无比怀念着那些木姜花开的岁月，然而此时祖父已经不在人间。祖父去世后那个冬天，我迎着寒风，从省城回到了老屋。那时候，故乡的木姜子也依旧伫立在老屋背后，只是生气毫无，写满了的疲惫和苍老，难言的憔悴。

那夜，我躺在老家的木床上辗转反侧，竟夕不眠，到第二天的早上，竟然头晕起来，浑身透风，怕冷，肚子也隐隐地胀痛。祖母也是心急如焚，过了一会儿却似乎想起什么的，连忙去碗柜翻捣，抓出了一把乌黑的药丸，再倒了一杯开水一同递给我，说："这次回家该不会是忘记爷爷了吧？他生前是很挂念你的。"我颤抖着接过药丸，定睛一看，竟然是当初祖父收存起来的乌黑发亮，干瘪细碎的木姜果。而此刻，它们安静着，和往事一样陈香散发，我未曾服用，便已泪流满面。

我又想起了屋后那棵木姜子，多少年来，你是否一如当初，见证着祖父的岁月和步履？那么，或许我只要忠实阅读你，便能知晓祖父的秘密？

金银花事

秦荣英

侗族，1992 年生于贵州天柱，2016 年毕业于贵州师范大学。曾在《黔南日报》《苗岭文艺》《当代教育》《贵州诗人》等报刊发表文学作品。

金银花开，数五月最盛。

其花纤嫩，瘦小，丛丛簇簇地爬满每一根枝藤。花朵一般有两种颜色：金黄和银白，"金银花"想必也是因此而得名吧。金银花虽然细长又娇小，但却不乏给人一种清新淡雅之感，更重要的是，其味异常馨香，淡而不俗，不仅是上好茶花和点心的配料，还是治疗各种热性病的良好药材。

因此，每到五月，繁忙的街道上，总是能够看到一些卖花人的身影。那些金银花是被连藤带叶摘来的，它们静静地躺在街角的水泥地上，芳香逸散，气息扑鼻，惹得行人驻足观看，或者干脆蹲下来挑选购买。让人意想不到的是，每一小把金银花就能卖到 1 元钱，价格着实不低。

但在乡下，这些金银花起初是并不起眼的。

在我童年的记忆中，马路边，田坎上，甚至山里的荆棘丛中，随处都可见它们的身影，然而，多数人对于它们的用处却浑然不知，像祖父那样知道金银花可以做药材的人更是寥寥无几。所以对于金银花，大家初时倒也不以为意。知道它是宝，能够卖钱，是整个集市都摆满湖南人的收购摊之后的事情了。

那时候的我还是一个刚刚懂事的孩子。一天，大人们赶集回来后告诉我，金银花原来可以卖钱，而且价钱还不菲，"你们采去街上卖，以后就有钱用了，想买什么就能到买什么。"这的确是个不错的诱惑——有钱便可以吃到街上的冰棒和冰袋了，如果多的话，也许还能吃上一碗可口的米粉呢……因为金银花开的时候正好赶上农忙时节，大人们并没有闲暇工夫，于是就鼓励自家的孩子亲自去采。就这样，一支浩浩荡荡的采花团，便开始分布在乡间的各个角落。

那段时间，我和堂哥、堂弟每天很早就起来了，各自拿着一个塑胶口袋，踏着露水，满山遍野地寻找，直到将那一朵朵盛开的小花摘满口袋，这才兴高采烈地回去。顾不上咕咕作响的肚子，回到家后要做的第一件事情，便是先取出母亲筛糠用的竹筐，再把金银花倒上，用手摊匀，然后就战战兢兢地抱到猪圈边，在顶盖的杉木皮上放妥，这才回来吃饭。五月如丝般的阳光很是迷人，不出几日，便是能把这细弱的金银花慢慢烘干的。干了的金银花就成了一条条细丝，颜色更加鲜丽，香味也比之前浓烈得多。虽然，晒过的金银花重量难免会减轻不少，但晒干的金银花更容易保存，再者，在价钱上也要高一些。

晒金银花也是非常讲究的，就像秋收的谷子，你不得不时常去翻动它，好让每一朵小花都能沐浴阳光的温度，才能不至于影响到整筐的花质。当然，最关键的还是得有个好的天气。但五月却是个多雨的季节，这就带来了不少的愁苦。采来的金银花如不能及时晒干，再逢上一两个闷热的夜晚，最后只能是都发了霉。发了霉后的金银花又臭又黑，多数是卖不出去的了。父母亲也曾为我出过主意——把竹筐放在焙塘上烘。可第二天起来，花倒是干了，香味也还在，可那哪里还是金银花，分明是锅灰嘛。所以一到下雨，面对采来的金银花，也就无可奈何了。

一开始的时候，还是父亲帮忙着把那些花卖给前来收购的湖南老板，后来自己上学了，慢慢地，便开始学着自己去卖，一段时间过后，自己居然也能讨价还价了。尽管，最多的时候也就不过两三块钱，可是每到赶集，有了金银花，自己也逐渐减少向父母伸手要钱的频率了。

那是金银花给我的童年世界。

现在，花开依旧，路边逢上金银花，也依旧不免伸手摘上几朵，然后把它夹在书页之间。但我却是再不会将它装在塑胶口袋里，然后拎回去晒干，再拿到集市上去卖了。人虽然已经长大，但向父母伸手的频率却仍不减。看着街角的那些卖花人，以及水泥地上的金银花，顿感：童年的回忆是美好的，然而现在却让人沉默。

花　海

王芳

1992 年出生于贵州天柱。2016 年 6 月毕业于长春中医药大学，现于贵阳中医学院攻读中医内科学专业硕士学位。

世界上有些东西总是那么特别，只是惊鸿一瞥就让我刻骨铭心；不过偶然邂逅，却使我魂牵梦萦。

那真的是一片海，一片花海！

放眼望去，广阔的田野上一片金黄，在阳光的照耀下，更加明艳动人，让我炫目。那壮观的花海是由无数朵娇小玲珑的油菜花簇拥而成的，它们挨挨挤挤，快乐地向田野尽头漫延，仿佛有无穷的魔力，吸引我一步步靠近。

走近后，发现花丛中隐着丝丝绿意，微风拂过，掩映在花下的绿叶瞬间展露，花儿也跟着拂动，仿佛袅袅婷婷的佳人轻舞盈袖，翩跹起舞，现出青色的罗衫。走在这美丽的的花海面前，我心中的烦闷、空虚显得多么地卑微、渺小、不协调。于是风儿便把我的不悦携带而去，带到馥郁的花海里濯洗，随后赠予了一片沁人心脾的馨香，我仿佛又拥有了活力，有了力量。

靠近田边的花朵略显稀疏，虽没有浓密处的花儿抢眼，但它们也有自己独特的风情。因为稀疏，恰好能细观每一株花儿。有的亭亭玉立，有的纤腰微欠，真是各有千秋，那些稀疏的花儿像豪迈的大画家，用饱蘸颜料的画笔酣畅地挥洒着，在绿茵茵的茎叶间留下点点金黄，又像淘气的精灵将天上的星星偷偷摘下，精心点缀在这绿荫之上，多姿却不妖娆，稀疏却不落寞，如此小花，怎能不让人喜爱？

这一切是那么的静谧美好，只是少了些热闹？

好在这静谧不会持续太久。因为这一路吹吹打打，高唱"嗡嗡"乐曲的蜜蜂儿正往这边赶来，它们比我还爱花，你瞧，它们不但紧紧拥着花儿，还亲昵地吻着花儿的脸颊。待绒绒的身上沾满了花粉，又欣然地唱着歌儿离去。它们似乎不知疲倦，不知忧愁，总是兴高采烈地飞来飞去，也许勤劳的蜜蜂没有时间替自己悲哀吧。

别了花海，我又投入到忙忙碌碌却又一直碌碌无为的学校生活中。虽然也还会因为难解的题目而叹气，拍拍我那不够发达的脑袋，但每当我感到身心俱疲的时候，我就会想起那片明艳艳的黄色花海，以及在花海中勤劳采蜜的蜂儿，花海中迸发出的勃勃生机，总能给我带来持久的振奋和感动，让我觉得，怒放的生命竟可以如此美丽。

生命，只有两种度过方式，要么奋斗要么虚度，前者是对生活的敬仰、鸣谢，而后者，则是对生命的亵渎、辜负。所幸，我在花海里感受到的是前者，无论是花儿还是蜂儿，这些小小的生灵都在诠释着生命的意义——花儿努力吸收阳光雨露，才能长出丰硕的果实；蜂儿辛勤采粉才能酿出香甜的蜂蜜。纵然，它们的生命短暂脆弱，却从不怨天尤人，自怨自艾，而是用自己的努力使生命愈加丰满，愈加精彩！

我爱花海，爱这花海中每一个怒放的人生。

他们（外一篇）

龙竹青

侗族，1991 年出生，贵州天柱县人。曾在《中学生博览》
《杉乡文学》《贵阳中医学院报》等多家报刊发表文学作品。

他 们

五月，连续几个星期的绵绵细雨，天空仍然没有放晴的迹
象，四处阴沉沉、湿哒哒的样子。

"走快点！"

一声耳熟的呵斥吸引我将眼光投向马路边上。果然是他们
俩。

中年男人弯腰驼背，背着手，在路边不快不慢的踱着，任由
细密的雨丝沾湿身体，悠闲的样子胜似漫步闲庭。落在他身后一
大截儿的矮女人，走起路来一摇一晃，像一不小心就要摔倒似
的，让人忍不住想扶一把。一把破旧的雨伞歪斜的扛在她肩上，
一包被塞得鼓胀的塑料袋被她牢牢抱在怀里，女人满足的憨笑告

诉我，他们今天的收获不小呢。

他们是这一带家喻户晓的夫妻，男的叫做老关，但没有人知道他的傻媳妇叫什么。他们没有往来的亲友，没有固定的生计，但似乎并不为此而愁，每天早上，老关就带着媳妇就出门，像一条嗅觉灵敏的猎犬，哪里有猎物就往哪里钻——谁家办酒席，他就到那家去做免费的小工，诸如搬桌凳、扛柴禾等。傻媳妇头脑、手脚都不灵光，只能呆在一旁看热闹。一天下来，收获的便是一些小费和三顿饱饭，吃不完的还可以兜回家。

小时候，上学或放学的路上，几乎每天都能遇见老关夫妻俩，无知的我们总蹦蹦跳跳地围在他们身边，一边拍手一边欢呼："老关老关吃稻草，吃一根吃不饱，吃两根胀死了！"

对于我们的小打小闹，他一般置之不理，若我们变本加厉地胡搅蛮缠起来，他就撸起衣袖作势要揍人，我们惊叫着跑得老远，朝他们吐舌头扮鬼脸，他全不当回事，拉着他的傻媳妇继续走，嘴里骂骂咧咧。

岁月的催化下，他们夫妻俩不复当年模样，一点点老去，只是，他们一前一后，不离不弃走路的样子，一如既往。

"给我走快点！"

我听见他再次吼道，她依然一副无动于衷的样子，显然把这"爱的责备"成了耳旁风，老关伸手欲抢过她怀里的"战利品"，傻媳妇见状连忙侧过身子把袋子捂得严严实实，伞掉了也不顾，两眼瞪得老大，嘴里嗫嚅着什么，仿佛贪吃的小猴誓死保护到手的宝贝。

无奈，老关替妻子捡起雨伞重新搭在她肩上，又兀自走在前方，时不时回望一眼身后的妻子，生怕她走丢似的。有挑猪草的妇人路过他们身边，调侃道："老关，你老婆走不动了，还不背她啊？"

老关"嘿嘿"地干笑两声，继续脚下回家的路。

一条漫漫长路，无论刮风下雨，都不能阻断他们在县城和家之间往返的步伐，他不断回望和呵斥，而她则安心当他的小尾巴，接纳他所有的脾气。

小时候，我们嘲弄他们，长大后，我们同情甚至怜悯他们，因为他们没有好的吃穿，好的住处，可"子非鱼，焉知鱼之乐"？有时候，一碗热腾腾的面条就能撑起一个家，什么样的人值得拥有什么样的生活，旁人永远无法用物质和金钱来衡量一个家的幸福指数。

当他们老了

在办公室写记录，身后传来一男声："护士小姐，麻烦给我妈换下被单嘛，又吐了。"

我将注意力转到身后，是36床的家属，一张黝黑的脸上挂着一丝歉意。

我问："又吐了？打了针还没见效吗？不是才换一套被单的吗？"

男子忙道："就是咯，没见好，再劳烦你下。"

扔下手上的活，戴好口罩和手套，抱起干净的被套、床单，我直奔36床。

刚进屋，一眼看到净白的被子上果然被一滩夹杂了饭粒的黄色污迹打脏，连床单都没能幸免，真让人头痛。这都是一天内第三次换被单了。

男子扶着老人（即36床病人）下床，以便让我更换被套和床单，瞅着老人家那苍白的瘦脸，我到嘴边的话又咽了下去，不再作声。

男子在一旁一边为老人家擦洗，一边说："等下试着吃点香蕉，光吊水哪好得快呢，再想吐的话拿那个小盆摆到面前，免得接不快搞脏被窝。"

老人有气无力地说："老了，不中用了。"

"人都有老的时候。"男子道，"养病要紧。"

闻言，我一肚子的抱怨被男子那句"人都有老的时候"击得粉碎。

整理妥当，在男子的声声歉意里我步出病房，没人注意到口罩下我那红得发烫的双颊。

我无比汗颜，在父母亲生着病躺在医院里，惦记着家里老老小小的时候，惦记着何时能出院的时候，我在哪里？是否问候过一句？是否探望过一眼？想一想，记忆里，我都不曾一次在他们身边啊，只是远隔千里自顾自的生活着，借着长途电话聊上三言两语，仅此而已。

现在我毕业了，有了自己的工作，却依然离他们那么远，在他们最需要我的时候，让他们翘首盼望。

年轻时的他们，精明能干，吃苦耐劳，从赐予我们生命那一天起，总是倾尽所能给我们最好的生活，当岁月之手无情地夺走他们的风华时，除了苍老的躯体和爱你的心，他们一无所有。

某一天，他们会老去，躺在病床上不能自理，作为儿女，能做的不是塞给他们一张张人民币，也不是一通通的电话，哪怕是喂一口稀饭，端一盆洗脸水，为人父母的他们已万般幸福。

孝心不等人，不要拖到我们成为了他们的那一天。

想起一则广告：晴空下，美丽而年轻的妈妈同儿子一路追逐嬉戏，走过春夏秋冬，走过花开花落，儿子长得像树那样高大了，当他回过头来，只见曾经的妈妈已两鬓斑白、步履蹒跚，静静地立在原地守望着前方。

每每看到这个画面，我的泪便潸然了。

我的庖汤之旅

吴可天

1992 年出生，贵州天柱人，爱好冒险和足球。毕业于陆军军官学院，在西域追逐云彩。

记忆深处，逢近年关，乡下的舅公们必定会打来一个电话。电话的内容无非是："明天杀猪，过来吃庖汤嘞。"简短的一句话，殷殷切切，满含着热情。就是这句话，至今依然烙印在我的脑海，让我不止一次条件反射地涌现出那难言的激动。依稀记得那时无论有多"忙"，总会缠着奶奶带我到乡下舅公家去吃庖汤。因为我想要看杀猪，更想要吃到那份美味！对我来说，那猪肉的醇香，那庖汤的记忆，早已深深植入了心底，厚重，悠长，挥之不去。直到现在，每当回想起那时吃过的庖汤，那爽嫩的味道还会隐隐回荡在嘴角，刺激着味蕾，引诱着蛔虫，让我垂涎欲滴。

逢近年关岁末，我们县的农村，无论大户小户，必定磨刀霍霍。大家风风火火做着同一件事——筹备杀猪。一时间，整个寨子成了肥猪们的地狱。猪的凄厉嚎叫，此起彼伏，叠加交错，宛如晨曦的鸡鸣，响彻于整个山谷。白刀子进，红刀子出，刮毛，破肚。眼瞅着辛辛苦苦养了大半年的白猪转瞬之间化作一纸红绢，半年来挥霍的汗水终成货真价实的鲜肉，村民们心里顿时五味陈杂。一方面，一年来辛苦的付出终于有了回报，丰收的喜悦无疑是农民们最大的快乐。更重要的是，还可以暂时告别喂猪的劳顿，享受过年难得的闲暇。另一方面，养猪的人，特别是那些善良的妇人，毕竟眼看着当年白嫩嫩的小猪崽子长成了成猪，有了一定的感情积累。如今猪却被一刀了却了性命，不免会有些淡淡的失落。但甭管伤感还是喜悦，杀猪的热闹盖过了一切。当寨子里发出第一声猪叫，不论男女老少，都会翘首以盼。因为大家都明白：要吃庖汤，要过年了。

　　杀猪吃庖汤，是我们黔东南的一个习俗。我想它的来历应该是这样的：由于杀猪不是一个家庭能够轻易完成的事，需要里寻求他人的帮忙。为了感谢杀猪的帮手，主人家就需要设宴招待。而猪的"头一块肉"便是不二之选。主人家通常会慷慨地煮上一大锅最新鲜的肉，煮得香气四溢。好吧，索性把亲朋好友，邻居们全都叫来，一起享受这难得的美宴。于是乎终成"庖汤"文化。

　　庖汤，通常都是异常美味的。由于农村人自己养的猪都不是饲料猪，都是自己打猪菜，一瓢渊一瓢渊地喂出来的，所以肉质绝对的上等。作为杀年猪时必吃的主菜，庖汤一般由最新鲜的薄片猪肉、粉肠、鲜猪血等组成。可以清汤、也可麻辣。肥肉肥而不腻，入口即化，瘦肉瘦而不柴，爽嫩可口，香汤酱香四溢，百吃不腻。是滋阴之佳品，补阳之尤物。

　　庖汤宴上，杀猪师傅是绝对的焦点。和庖丁解牛一样，杀猪也是一门学问。作为杀猪的主力，杀猪匠时常决定着杀出来猪的好坏，大家吃上猪肉，他们无疑是最大功劳者。主人家偏爱经验老道的杀猪匠，因为杀猪老手可以让猪一刀毙命，都不带动弹，猪安安静静地去了，连血液都是甜的。一个娴熟的杀猪匠，有时一个年关要宰杀二三十头猪，厚道的主人家时常会赠送一些猪肉给他们。几十家的合在一起就价值不菲了。所以，有些杀猪师傅是不需要养猪的。

就在这样的相互帮忙中，大家的关系走得越来越近，村子变得更加和谐了，村民关系也变得更加融洽。说起来，吃庖汤不仅是一场味觉的盛宴，更是一剂拉近邻里关系的黏合剂。而其实，在很多人的心底，吃庖汤，图的就是一种人际氛围。

近些年，随着农村生活水平的提高，养猪的人越来越少了。如今舅公家里盖起了新房，买起了轿车，也不再养猪了。庖汤一词于我也渐行渐远。最近的几次吃庖汤也只是朋友间淡淡的一聚，连猪毛猪血都不曾看到，索然无味。浓郁的庖汤文化似乎已成为一道缩影退入了时代的角落。而就在不久前，我还听说，有个寨子的村长竟下令：以后谁家杀猪都不要请吃庖汤了，防止出现你邀了他，他没邀你，猜忌生狠的现象发生。对于这，我的心头只是涌出一丝淡淡的恨，还能再说什么？于是那份庖汤的记忆变得越来越淡了，以至于要沉睡了下去。

寒假，我从安徽回到了家乡，日复一日地重复着足球场、麻将桌与电脑前三点一线的生活。日子过得庸俗，毫无新意。直到有一天天奶奶欣喜地告诉我：舅公家今年买了两头猪，又要杀过年猪了！听到这个消息，我先是一阵愕然，接着竟感到一顿手足无措的愉悦，这是一份阔别了多少年的喜悦啊！当天我很早便开始出发了，再次踏上了那条好久都不曾走过的路。当我沿着那条悬崖上凿出的石阶向上攀爬，踩过无数的灌木荆棘，一路上无数个似曾相识的画面从脑海中映射而出。是啊，一切都在变化，但一切又终可寻。然而我还能寻到当年的味道吗？我的心情竟有些

清江嗯哨

忐忑起来。

结果证明，我还算是比较幸运的。这次我不仅看到了杀猪，还参与了帮忙。舅公依然宝刀未老，他手起刀落，干净利落，两百来斤的成猪转瞬间一命呜呼。完事后，舅公淡定地抽了支烟，莞尔一笑，他说算起了这是他杀的第四百头猪了。接下来就是烧猪肝，烤猪尾巴之类的事了，一切都那么熟悉。当我娴熟地帮助两个小弟弟小妹妹烤猪肝，看着他们痛快的吃相，我仿佛看见了当年的自己。而最令我欣喜的还是最后的那顿庖汤宴，味道格外的地道，令我既满足又伤感。满足是因为我寻到了当年的味道，伤感是因为不知道以后是否还能有这样的机会。

酒足饭饱后，我回家了。走在那崎岖的山道上，心情变得格外复杂。我停下来，向着城镇的方向眺望，建筑群在浓雾中变得的朦胧模糊。这个喧嚣的世界啊，为什么很多美好的东西都难得到传承？世界在进步，物质可以升华，但为什么美好的传统却难以继承？我思忖，停滞不前。良久，我才继续迈开了双腿。是啊，谁能阻止时代的变迁？然而却可以把记忆藏进岁月，酝酿发酵。偶尔的机会打开了它，无疑会增加它的香浓。或许那煲庖汤永远只是我心头一个美丽的念想，但只要能够放空心灵，去追寻这份珍藏，也算是对夙愿的补偿吧。这样想来，心头总算有了一丝宽慰。

128

幸福有多远

杨连燕

1991 年 10 月出生，贵州天柱人。2015 年毕业于遵义医专针灸推拿专业。喜欢文字、戏曲、旅行。有文字见《杉乡文学》《清水江》等。

春寒料峭，窗户纸被寒气吹得瑟瑟发抖。屋里，燕子忙上忙下地操持着锅瓢碗筷，寒风从那个倒塌了的半截烟囱里倒灌进来，灶孔里的火半死不活，呛人的青烟在屋里弥漫着，薰得燕子两眼流泪，她端起那碗刚从锅里舀起来的南瓜，小心地放在那张矮小的松木饭桌上，然后推开房门。

雾很大，看不清楚天空的颜色和山那边迷人的风景。前面百余米处的一丘泥田里，一对佝偻的背影在晨雾中时隐时现。那是爸爸和妈妈在挖田，燕子长那么大，第一次见到种田是用锄头挖的，没办法，家里唯一的那头老母牛卖了，为了给她们三姐弟筹集学费。

"爸，妈，回家吃饭了！"燕子手卷喇叭筒状，冲着在雾里忙碌的背影喊。"哎……你们先吃吧。我们挖完这点就回来！"

"哦。天太冷了，我热了水等你们回来烫脚呢，你们先回家吃饭再去挖啊？"

屋里阴沉沉的，妈妈一进屋就叫燕子开灯，燕子放下手里的碗筷，正想去拉开关，黑暗中爸爸吼了起来："你就不能摸会吗？大白天的开什么灯，上个月的电费就花了五元，涨了两块啊。"听到爸爸的吼声，燕子的手迅速缩了回来。妈妈也没有再说什么。燕子知道爸爸这几天为了她们三姐弟的学费火急火燎，脾气也变大了。

燕子把那盆热腾腾的水端放在爸爸脚前。爸爸把冻得通红的双脚小心地放进盆里，然后抬起头来，望着燕子，一副欲言又止的样子。燕子不敢去看爸爸，只是把那双自己几年前勾给爸爸的毛线拖鞋轻轻地放在盆边，然后默默的走到桌旁的矮凳坐下。她很清楚那眼神代表的是什么意思，每一次的父女对视，就意味着她命运的改变。

记得七岁那年，看着同龄的伙伴们都背着新买的书包，在爸妈的陪同下去上学，一路上都是他们撒下的欢歌笑语。而燕子只能在空旷寂寞的田坝上与自家的两头黄牛为伴，幼小的心灵像被谁狠狠的捏着一样疼。燕子就在爸爸的跟前哭着吵着要去上学，爸爸一副欲言又止的样子，"燕子，乖，别哭啊，等明年我们把牛崽卖了，爸爸就送你去上学好吗？"于是，燕子每天都把牛儿喂得饱饱的，盼望那头小牛能快快长大。

三年级那年，一生劳苦的奶奶忽然病倒了，爸爸每次从奶奶的屋里出来，看着燕子，总是一副欲言又止的样子，燕子很乖，贴着爸爸，低低问道："爸，能让我读完三年级吗？"爸爸轻轻的抚摸着燕子的头，怜惜地点点头。可是，没等燕子完成她"最后"的学业，奶奶却因没钱医治而去世了，燕子扑在奶奶的坟头上，哭得很伤心，也许她不读书，奶奶就有救了。燕子的心好痛好痛，每每想起都是满心的内疚。

上了六年级，因那年的收成不好，寨上许多年轻夫妇都外出打工去了，爸爸妈妈也决定出去闯一闯，可是家里的三个孩子怎么办？那天晚饭过后，爸妈把12岁的燕子叫进屋里，爸爸还是那副欲言又止的样子，燕子知道爸妈要跟自己说什么，她不忍心跟爸爸对视，因为她真的实在舍不得学校。爸爸望着她，终于开了口："燕子，爸爸、妈妈要出外打工，爷爷奶奶都不在了，你回家照顾弟弟妹妹可以吗？爸爸对不起你，爸爸将来一定给你补上好不好？"爸爸哽咽着，话像针一样扎痛了燕子的心，两行泪水从燕子的脸蛋上淌落："不！爸爸，我要读书，我要读书。我也会照顾好弟弟妹妹的。我向你保证！"爸爸相信了燕子的承诺，没有让她辍学。爸爸、妈妈这一去就是整整四年没有回过家，照顾弟妹的重担就落在燕子娇小的肩头上。

初一时，她到了镇中学，离家远了，而她不能住校，弟弟、妹妹还在村小学。她每天奔波在山间的小路上。一天，燕子的数学题做错了，放学后，被那个凶巴巴的数学老师留下来罚做五遍作业，等她把作业做完，太阳已经落山了。她想起还在家里等着她回去煮饭的弟妹，撒腿就跑。山道寂静，冷风嗖嗖，暮云如收拢的帐幕正在四合，她又怕又急，如果弟妹出什么差错，她肯定读不成书了。燕子嘴里喊着"爷爷啊，奶奶啊"边跑边哭，等她冲进家门，看见弟弟、妹妹趴在堂屋的桌子上睡着了。

经过三年的努力，燕子以优异的成绩考上了县民族中学，成为寨上第一个女高中生。燕子以为终于能踏上成功的阶梯了，离自己的梦想越来越近了。没想到，命运就象一个魔术大师捉弄了她，开学后两个月的一天，燕子忽然感到腹部隐隐作痛，她以为只是一般的肚子痛，忍忍就过去了，两天后，她痛得晕倒在宿舍里。等她苏醒过来，发现自己躺在医院的病床上。班主任坐在床边，一个穿着白大掛的医生，手里拿着她的化验单，摇头说："你小小年纪，怎么就那么多病啊？胆囊炎，肾结石和胃炎，必须住院治疗！"只有燕子知道，如果爸爸妈妈一直在身边，她就不会有这么多的病出来，可是她能对谁诉说呢？班主任代替家长在手术单上签了字。等燕子从手术的麻醉中苏醒过来，已经是第三天了，她睁开眼睛，看见了离开家整整四年的爸爸和妈妈，正用内疚和怜爱的目光注视着她，顿时，燕子再也忍不住扑到妈妈怀里放声大哭。两个月后，燕子才出院，学校已经放寒假了。

燕子抬头注视着爸爸那张消瘦的脸，她发现刚刚四十出头的父亲，两鬓已经斑白，过早苍老的脸上写满了无奈与挣扎，燕子不忍心与父亲对视，转头跑开了。

夜渐渐深了，窗外的一切都被这深夜冷藏了起来，没有皎洁的月光，没有漫天闪烁的星星，只有几点依稀的灯光在这静穆的夜中炫耀。燕子躺在床上，回想着父亲欲言又止的样子，她知道，为了给她治病，父母把打工四年的积蓄全搭进去了，还欠了大姨的八千元。父母苍老憔悴的容颜似乎是在告诉她，自己已经长大了，该为家里挑起一份担子了。她想，明天就去和小红讲，她和她们一起去广东打工，挣钱来供弟弟、妹妹读书，然后修建一幢好木房，让爸爸妈妈有一个安逸的环境，度一个幸福的晚年。

"你们跟我比父母，我跟你们比明天。"2008年春晚上的打工一族儿女们的歌给她带来莫大的安慰，燕子似乎看到了幸福的明天，她平静地呼出一口长气，安安静静地进入了甜美的梦乡。

谜语者忆

黄良效

1995 年出生于贵州天柱，2015 年毕业于天柱二中，现就读于
贵州工程职业学院政府订单班。

时常想起一个人，我称他作谜语者。

谜语者早在几年前的一个秋天就走了，那时我才读初二。我
叫他作谜语者，可寨上的人喊他作"疤子佬"或"瞎子佬"。如
果按辈分算起来，我还得叫他作公（爷爷），但儿时的我们总是
有理无理地喊他"疤子"取乐，也没有大人斥责，到现在想想，
要这样叫别人，是少不了要挨一顿骂的。

不知怎么的，今年打谷子的这段日子里，总是不时听到谁谁
又过世了的消息，大多是因为恶病，如癌症之类，让人很是心
怕。或许这正印证了一句话：到打谷子的时节总会死些人的。年
年如此，我不知道这是一种固定的规律，还是天命所为？总有一
些熬了大半辈子的的苦命人在丰收之时溘然长逝，像谜语一样让
我难忘。

从我记事起，谜语者就已经是个瞎子了，而且脸上还有一道

长长的疤。听人们说，谜语者原本是不瞎的，还在"集体"的时候，二十多岁的他上山打柴，眼睛不幸被树枝刺着，在那个靠公分吃饭的年代，由于没能得到及时医治，眼疾日益严重，久而久之便瞎了，落下了一辈子的遗憾。

谜语者没瞎之前，勤劳肯干的他在邻村问好了一门亲事，可也正因为后来眼疾的原因，对方把婚事辞退了，谜语者从此孤身。到分田下户时，谜语者已完全丧失了劳动能力，他分到的田土、山林自然就由他哥哥支配，谜语者也开始了寄人篱下的生活。

小时候，我经常和一群孩子去谜语者家玩，要他出谜语。他总是坐在大门右边木墩上静静发呆，知道我们这伙鬼崽去了，倒有些高兴起来，眼睛咪成了一条线。有时我们会问他，你得吃饭了不？他就讲人家哪里肯有好多饭送我吃！他嫂子听见后应道，你成天活路斗（斗：方言，"就"的意思）没做得，一天想要吃好多冤枉饭？吃一钵还没够呐，人家累死累活，又没是专门养你。我看你就是装瞎，要你坐到晒谷场撵鸡你讲看不到，去商店边摊胯你又去得！

每逢这时，谜语者都不去应嘴，像心中有太大愧疚一样，任其骂作。我想：他何尝不想去正常生活？又何必装瞎遭白眼讨贱？年幼的我，除了同情，别无他法。

受骂后的"谜语大王"，无论我们怎么哀求，他都不会再讲谜语了。正当我们扫兴离开时，几个调皮的孩子把他的旱烟袋和烟杆抢了过来。没了烟杆，谜语者还可以把旱烟卷好，将就点上一根，但把旱烟袋一同拿走，等于断了他的烟路。无奈之下，谜语者只好妥协：先还我东西，再说谜语。我们见好就收，乖乖地把旱烟袋和烟杆递给了过去。

这时，谜语者放开喉咙，你们听好起，看哪个猜得出："口大像弯刀，尾巴像撮瓢。背朝天面朝地，三个耳朵肩上挑。"谜一出，我们都抓耳挠腮地思索起来。对于我们农村孩子来说，别的不知道，但"肩上挑"的还是晓得的，我于是答了一个挑粪的"撮箕"。谜语者也不应对错，只是笑笑点头。见他这样，我们便以胜利者的姿态扬长而去。

我始终不清楚，谜语者是从哪里学来这么多谜语的，也有人曾经问过他这个问题，而他总说是自己整天闲坐时编造出来的，也不知真假。但你不得不佩服，就算你天天得见的东西，要是被谜语者编成了谜语，有时也得猜上几天。一次，谜语者在商店边闲坐，堆在商店边聊天的人便起哄："疤子，你出一个谜子送我们猜喽，我们解解闷，你也解解闷。"有次谜语者讲道："叶子尖尖桠桠长，一块刺刺满身长。开春结起绿个个，熟是扯破红裤裆，打落黑种子"。有人一听后便大笑了起来，说你莫是想婆娘想老火喽，裤裆斗扯破了莫是蛋也落喽？所有人听后都笑得肚子疼，有人就骂讲这话的人没出息，好好的谜语你硬是要想歪。大家猜了半天也无招，向他请教也不说，几天后才猜到是天天得见的"花椒"。

但更多时候，谜语者是孤独的。谜语者的房屋离商店有两百米远，天气好时，他总是光起一块脚板，用竹竿引路摸到商店的柱子边去坐，这里有很多闲聊的人，但大家很少理他。谜语者一坐往往就是一天，到太阳落山，牛群被赶过寨子时，他才动身摸回家。我想，在他的世界里，估计也只有那旱烟才能读懂他，能排遣他心中的苦闷吧！

那时，只要在路上遇到谜语者，我便会主动牵他去他要去的地方，或是商店，或去河里洗澡。洗了澡回来，他可高兴了，拿起生锈的剃刀或柴刀便剃头、刮胡子，他的头也因此被划得尽是刀疤。于我的印象中，谜语者对我有一种特别的喜欢，每次我去找他，他都有说不完的谜语，但我总猜不到。而我也会经常带些东西送他吃。记得有次我买了一包麻辣，给他吃了一半，他直讲好吃，说这还是我头回吃那么好吃的东西嘞！

我已不记得他讲过好多个谜语了，也不知道他有好多天是饿着肚子的，更不记得我们儿时像玩木偶一样耍过他好多回！只记得，每次他只是有气无力地央求"莫造，莫造"，无论怎样，一个瞎子是抓不着我们的。谜语者就这样成了我们童年最快乐、最美好的玩具。

后来，我们不再找他讲谜语了，也不戏耍他了。他也日渐消瘦下去，已瞎的眼凹陷得更深了，腮帮子边的颧骨也更凸显，活像个骷髅，人也更邋遢起来。谜语者就这样在阳光下享受着仅有的温暖，伴着每天的日起日落，任时光如水，来去匆匆。

一个以脚当鞋，以孤独为友，以杖为眼的谜语者终究还是走了，走得踏实，无牵无挂，一副棺材、一抔黄土便了了此生。他走那天，天空响晴，或许是有些卑贱的缘故，他的亲属只请先生做了个简单的道场。在校上课的我没有去送他上山，连一个花圈也没献上……他终究摆脱了这个他看不到光明的人间。

谨此，愿他那边安好，一切安好！

奇崛 · 梦呓

在乡村，我是始作俑者（外四首）

姚源清

侗族，1991 年出生，贵州天柱人。2014 年毕业于贵州师范大学。热爱写作、思考，做过高校社团会长、民刊主编、媒体记者、企业文化主管等。贵州省作家协会会员。

在乡村，我是始作俑者

这个傍晚，我将弑杀图腾
与神祇决绝，踏上一条虚妄的
救赎之旅。如同多年前
他们开始替代先知
说话，思考。我再次选择放弃
遗留之地，背叛时间的河流
在乡村，我是始作俑者
我写作、虚构，背负不忠的

罪名，带领向日葵和麦子
用遗嘱反抗这个世界
我时而凄厉，时而显得
温柔无比。我妄图相信人类
自内而外的改变，有朝一日
能与世界达成和解
而你一语成谶——
"反认他乡是故乡"
我瞬间无言
被虚无拦腰斩断

1997 年的秋天

时光微醉，一只受伤的鸟
从口袋飞出，嵌进童年的秒表
我们无视稻草人，一支咸涩的
木叶歌，足以安抚内心
消除深处的悸动——这该是
怎样欢欣的日子。而你卸下
午后的口讯，斜挎帆包
在短促的悲伤中，把自己变成
一只木偶，从秋天横穿而过
途经消失的河流，你感叹
成人的世界，天空

多么明亮，像一张暗蓝色的
火柴皮，引诱你
一路狂奔，把自己擦出火芒

叙 事

蝉声如沸，从时间的缝隙
砸下来。我立刻陷入这个夏天
最炎热的词语。
我漫无目的。徒步行走在
南方的郊区，钢铁
和水稻之间。目睹一只流鸟
闪过头顶——"砰"
连同一台绞车，他从蔚蓝的天空
顺势直坠，扑向生活
的棱角。在落地的短短几秒里
他十分努力，弓了弓身体
像一拱桥骨，最终塌陷下来
洇开一地艳丽的花
我慌乱地抬过头，阳光刺眼
远处，高压线逶迤而过
一些楼群起起伏伏

苏 醒

一场大雪
把季节掏得空空荡荡
你望着解冻的河水
涨满动脉
突然病害相思
春天回来了
一些情操和忠贞也
陆续返潮
你的身体扭动
按捺
事物的疯长
当他们再次说起
爱，说起昨天
遗忘的果实
你迅速成为受困者
躺于担架
为自己
又动了一次手术

相宝山手记

徒步相宝山，鸟声凋零
落叶纷飞，有人对着时间吹萨克斯
像一场苦雨

"秋天是一截误诊的盲肠"
在词语的非固定搭配中，我突然
被事物击中，病情隐隐浮浮

哑语者（外五首）

秦荣英

女，侗族，1992 年生于贵州天柱，2016 年毕业于贵州师范大学。曾在《黔南日报》《苗岭文艺》《当代教育》《贵州诗人》等报刊发表文学作品。

哑语者

诅咒
从对面射出
刺破吼管
叙述因此把你遗弃

哑语者
无法叫唤
不断地衔石

不惜呈上皮肉
将灵魂置于
拍卖的审判台

残 梦

两种丹桂
盛满百亩农田
哥哥带着我
兴奋采摘
纯白如月的那朵
粉红而盛硕
哥哥说：是别人的
几年之后
花朵消迹
我，纯白的双翼
也已残去
裤管下的铁片
置地有声

虹

鼻尖嗅出了乐章
瞎子看见了语言
哑巴说出了风景
聋子听到了芬芳

烈火在水底燃烧
地狱装满着彩霞
石头结出了红花
白日梦变成现实

刽子手做慈善家
滥情人成痴情人
白沫酿造出珍珠
狼是羊的守护神

伤害是别样珍惜
虚伪标榜着真诚
太阳绑上十字架
所有谎言被歌颂

遐 思

一场梦站在停止的时钟里
一帘雨下在一个人的梦里
一朵花的秘密
开在细雨霏霏的夜里

我忘记停下
时钟却停下了
我停下了，梦却走了
梦走了，亲爱的
你告诉我：
该启程，得寻梦了。

红 颜

我看见
祖母站在
山的那头
缓缓的，向我招手
我的女儿却

在河流的尽头
急剧的，向我挥手

原来
红颜就是
祖母在等
女儿在走

清晨，一个人养牛

（一）

白鹤从田间飞过
我一个不小心，她便离开了
我的天空
不过，还好你在
我的剪子妹妹

（二）

绵延的群山一片碧绿
渺渺的云雾从半腰升起

我们不再问
山的那边是什么
祖母曾说
山的里边
住着仙人

（三）

稻田鱼在十四那天成为舌尖上的中国
我们永怀感恩，一条条金绿的稻穗
和我们一起成长在淤泥里

（四）

屋角的老枫树下
父亲、母亲、弟弟
家里主要的劳动力
挑水和沙
最原始、最野蛮
只为做一根，让子女
更上一层楼的
梯

（五）

屋背的自生林，是永远的东方
早晨的太阳挂在那里
分外刺眼，它那么近
又那么远
只有满爹的油锯，能穿越厚厚的光
把"吱吱……"的声音
送到耳际，送进村里

（六）

这是一头未曾下田驯化的牛
一头倔牛
所有的不安分
都在青草和青青稻之间
它假装低头舔草
却用眼角酝酿一场游击战
在持久的博弈中
我们迎来午归时刻
回头看看走过的路
青草依旧
稻子依旧
如果上帝许它人一样的寿命
那么，我们年纪应该差不多

（七）

井边的红豆杉
守卫村子几百年后
永远地生活在那个冬天
春不再青，盛夏无果
尽管如此，我仍要
对它伟岸的身姿祈愿

藤（外五首）

龙慧林

生于 1995 年，贵州天柱人，现就读于贵州民族大学。曾在
《长江诗歌》等报刊发表文学作品。

藤

我是依附在墙上的藤
没有可以攀爬的东西
我就会死去

是的，我就是你想的
我只会攀炎附势
我只能借靠外物
我只有我乱七八糟的枝条

但是你别忘了
我永远都在向上
我的每一根枝条都在竞争着
获取清晨的第一缕阳光

盗墓人

你是一个盗墓人
挖掘着别人心里的魂

你点燃四把火
扔进四个房间
你拿着阴阳铲
把四个房间铲得血肉模糊

一到赶集日
你把你的收获扔进牛马市场
洋洋数着钱
带上铲子寻找下个目标

给昨天

我写下一封信
埋在杜鹃树下
燕子衔着四月的新泥
来到这里已经是傍晚时分
人群纷繁中
它停在了杜鹃树上

一阵风后
新雨带走了尘土
我拿起我的信
差点就忘记
杜鹃十个月的孕育
我终于在现在看见了她的成果

天快要黑了
这里总比外面要凉
布谷鸟几声"咘咕"后
就回了巢
我靠在铁索桥上
看着陈旧的信
杜鹃探过头
一朵花瓣掉在了地上

夜 晚

夜晚
就像五匹野马
系着你的头、手、脚

他用力地往五个闪着光的方向
奔跑
你用力地蜷缩
挣扎
如同烈日下的蚯蚓

"咔擦"
你的骨头断了
他就停了下来

还好
你的肉还连在一起
脑袋耷拉着
如同烂泥

沙

我是一粒沙
我曾破碎得比沙还小

有一天，风将我送进你的眼
那里有很多滋润眼球的粘液
我的身体在里面游走

最后，我又组合在了一起
但
我有一只眼跑到了嘴上

生 存

——致电影《可可西里》

大雪就要来了
母羊拖着沉重的身子
她孕育着整个族群的骄傲
我们穿过一片又一片荒漠
为了肚子里的小羊羔

前方为什么这么多秃鹰在盘旋？
我听见巡山队唱着祈祷的歌
转经筒发出的沙沙声响

风沙吹过我羚角
我想带着我的羊子走出这荒漠
我走不出去
不，我走得出去
走不出去的
是命

冲锋枪
我追了他们好多年
最后，他对着我不到半米的距离
俯视着我
穿过了我的心脏
"哒哒哒哒哒哒"
我的羊子
没有跑过枪手的眼睛

掉进流沙里
是不是掉进了另一个世界
我想是的，我希望我的羊子
能够掉进那里
就再也不会被夜里的枪声惊醒
我想要我的小羊

每天都在我的轻呼中苏醒

而我就守在这流沙之外
在这之外驻留
靠近这里的狩猎者
你们的身体会在这里腐烂
最后交给秃鹰

悲壮的英雄（外六首）

龙宸曦

侗族，1994 年出生，贵州天柱人，现就读于贵州大学财政金融系。

悲壮的英雄

十八岁的六月
静默的世界敲击一场骤大短促的暴风雨
摇滚式的大雨在燥热的午夜突袭
冲刷了满身汗渍
浇灭了胸中那束燃烧的火把
试图躲避这酷刑　却失步陷进更深的泥泞
单轨列车把疲惫的躯体拖出这场绞杀
用黎明的曙光治疗那个沉睡的梦想
那场血腥中那个负伤上战的英雄

被永远地筑起在最靠近光明的地方
圣韵永鸣

童 年

时光在日记本里斑驳
战战兢兢
不哭不闹

沉默和孤独
梦想与憧憬
跌落在茌苒的光阴
粉身碎骨

对着彩虹许愿
希望出长成你期盼的模样
无处安放的"爱"
终有一天
会成为飞翔的翅膀

无题（一）

你挽着时光的手
款款走来
在明媚的夜里
惊艳整个黑暗

寂静在琴键上狂舞
孤独在酒池里寻觅知音
月光背叛太阳与夜相恋
狂风和骤雨终成眷属

但愿我是星辰
我就可以在深夜窥探
秘密进行的仪式

无题（二）

只愿
在消瘦的清晨
或丰腴的黄昏

相遇恍如隔世的遥远
请允许我相信
一些命运、定数、和人世

母　亲

你的光阴烙印在额头
如千里赤地的巨壑
在烈日下流泪

试图用纸笔将裂隙缝合
唯恐记忆感冒
对你的深情产生抗体

在艰难里幸福得像首歌的日子
是对你苍老的回报
你说生活必然是
每个生命对时间的真心付出

记 友

白纸黑字
呼吸就停在那里
被诅咒的幸福

街边巷口
饭香依旧
红日盼不到归人

爱还在
如若初见时的甜蜜
悲伤埋进尘土

凶手的杰作

黑暗把星空锁在玻璃窗内
光明被钳制在昏阳隐褪后，黎晨亲临前的狭空
终于，光明这个遗腹子垂死于黑夜的扼杀

这万恶的刽子手凶杀了万数生灵

它诡计多端无恶不作
打着孕育光明的旗号干背地弑杀的卑劣勾当
用最阴狠的手段完成最完美的吞并

私欲，贪婪，绝望，恶念被它吸入偌大的腹中锻炼冶烧
膨胀，熔化，卸解
在无穷尽的勒索中酝酿出一场最壮丽的浪漫日出

午夜想唱歌（外五首）

陆荣礼

侗族，1991 年生于贵州天柱。2015 年毕业于贵州师范大学求是学院。曾在《贵州民族报》《贵州诗人》等报刊发表文学作品。现任教于从江某中学。

午夜想唱歌

槐花树在四月的尾巴上，开始了她
的青春之旅，性感，被写入她的时代。
我清楚地记得，小学六年级，
班主任在同样的时节，做着夸张的表情
以一个领导者的身份，手持铁栅
从米溪走到鉴江，从四月走到五月
我们在拒绝每一个晚自习的同时
和班主任称兄道弟，打算将沿路的

水田里的泥鳅，装进我们的疯狂的篓里
我们喝着班主任山上家里烤的黄酒
大口吃着上半夜的战利品，每一个周末
的如此午夜，我们开始变得成熟。
那时候，我第一次春梦，路过教室对面
的槐花林，有一个美丽的姑娘，热烈地叫着
我的名字：快上来，快上来，和我一起唱歌
我鼓起勇气上前，我脸红了，我心慌了
看不着姑娘的所在。同伴叫我快当些
你到底得快当些，姑娘肯定藏在槐花的蕊里，
且把姑娘哄住，折几张槐叶作口琴
回家唱起我们的侗歌

制造诗歌

三月的生命，活在寂寞的弦间
游走在词句的边缘，
他守望幸福的方式，是在午后
突兀地行走，
他热爱美好的山河、新鲜的蔬菜
甚至一只可爱的蚂蚁
他向往给自己制造惊喜，生产诗歌
迷恋每一章、每一节、每一句

他也强烈拒斥，每一个肮脏的词语
以及丑女人的胸部，他认为爱情
是一首纯净的歌，一片雪地
是一曲幽怨的调，一片森林
他永远行走在矛盾者的前列，讴歌
一场爱情，以及走场于问题剧里的青春

阳历不过端午

假如我们相识在一场情争里
你是我的俘虏，我会向
我的楚王上书，我拒绝
将你做成粽子。喂楚江的鱼

这本不是南北的共俗，是专属于
野蛮之邦对外炫耀的资本，
我现在确切地住在这样的一座城里。

但是，我害怕每年的这个虎日
我的兄弟们，全都聚在这江边
等待做粽人的绝佳表演
汨罗江残疾的和健康的
鱼儿挤挤一处，嗅到了肉的味道

晚上的出没

01

一只火鸟在闪电的嘴里，冲我咆哮。
血一样的眼睛。在众人入眠的午夜，
击打土地，击打草木，击打我的身体
这是一场不具备人伦的征战。好事者
在铁窗户里面。睁大眼睛。心丝凌乱。
预备写上一段直白的章句，讴歌这场
荒诞的造爱之境。

02

即使被束缚，爱依旧可以穿透这铁一般的
壁垣。她带来易安的婉柔、带来一朵黄花，
她带来庄姜的绰约、巧笑倩兮，美眉盼兮
这样的爱情，是她。有她。疯狂的世界
我们在安静的夜，我抚摸你水一样的心情
你不拒绝我的热切，甚至收容我的身体。
我在每个造爱的瞬间，发誓爱你一辈子。
如果你永远具有这样的身体和穿越的激情

03

我喜欢娇柔的你。一如我现在所热爱的世界
我的心盛着你，你游弋在我的每一根血脉间
热是我的身体。不冷不强烈
爱是我的手法。不卑不亢不欺骗
这样的佳期，我可以温柔，你可以享受。
让你昏睡，把你迷醉，让你逃离。
你说你对我的行为很是理解。

04

我在一场梦里与你结识，桃花源的
鸳鸯入住我的领土。我饱读诗书，
找不出一种修辞，来形容当时的心情
我想写一封给鸳鸯的信件，用麻雀的羽毛
蘸着我的血，零碎地画着我也难以分清的字符
折一架大大的纸船，我背着你，我驾着船，
携信前往，我被占领的泥泽。

互不相识

01

我打开了一个音乐播放器
影子打开了，另一个播放器
以不同的步伐，开始
两首不同的悲伤。敲打
身体里不肯入睡的
神经。我和它，都不愿做一个
终止的动作。芦苇很深邃，
洞穿我所有的坚持
可是
影子不认识芦苇，
芦苇不认识我，
我也只见过影子的面罩

02

在一场局部的工作中，我
认识了自己的与众不同
与别人很不相同，很不相同，就像
女人与男人，强奸犯与杀人犯
同源异流

同根异桠
直到某天，互记不起，
彼此是谁

03

一首歌，第一遍
我在听
第二遍，谁借用了我的身体
你是谁？

04

是一条守家的好狗，
狗在春天的菜花地里呼唤蜜蜂
蛰我吧，蛰我吧，
狗不嫌疼，却醉了。
城里来的屠犬队，鸣枪
好狗在春天里死亡，
狗以为，是清明的鞭炮又响了

05

站在春天的枪口
我和我吻别
我和我挥手永别
我告诉我

我们是陌生人
我们互不相识

镜中花

把所谓的无所谓，装进心底
一群人的时候，决计不提
等夜色正正是鱼肚白，轻轻揉
睡眼中的涟漪。右手边的衣冠镜，
仿若是你　正微笑如天使降临

没有谁知道，你所知道的
正如你不知道，别人的微笑
是何以如此的轻易。于是，
你将白日藏入黑夜，
又将黑夜隐于昼间。

到底，你也能找到一个可贵的
知己。在夜色正正是鱼肚白的
时候，你把她微笑相迎　但是
她对你却从未有只言片语。　而你
依旧苦苦寻觅，寻觅她踪迹

在诗上行走的日子（外五首）

董新飘

1992年4月生，贵州天柱人，现为自由职业者，喜爱听音乐、唱歌、涂鸦文字。

在诗上行走的日子

我曾以为
我是背着诗行走的
后来才发现
我一直是在诗上行走
一颗麦粒到一支麦穗
祖母施肥过两次
一次我踩坏麦苗
一次我满面流泪
一颗火种到一堆灰烬

熬煎了一个女人
原因有我多半
还有她的痴念
后来
我就发现
一直
我都是踏着诗篇行走

在油菜花开的地方等你

春天来了
养蚕的人开始采摘桑叶
我住在南方以南
目前还没有连绵的细雨
不见燕子带来你的消息
我只好
暂时把你写进诗里
我们约定
在这个季节相遇
可能我过于着急
想你　风中也夹带你的气息
遥不可及
云朵白了　天空微晴的时候
我就在油菜花开的地方等你

不 语

用一个镜头
好让我
在你的瞳孔里越来越小
听人说
一匹马常常在午夜嘶鸣
那时我睡得正香
同时错过了一株昙花开落
阳光趴在被子上的时候我醒过来
天空给窗户的留白
令我置身九天云外
我就想起这个镜头
或者　我压根就没出现过

我本痴狂

我的不由自主
是经不起那片落叶的扰动
本以为
我将枯死在这

深水的潭中
从此后
痴狂成为我唯一的律动

看不见日月星辰的日子
那份孤独
是无意的凋谢
无情偏还生怜
我禁不住内心的呼喊
找寻
摆脱这寂寥的面孔
因此
抛弃一切

秘 密

我不得不把思念藏在心底
这个地方，除了我
再没有别人

我不会告诉你我的思念
这样等于
把痛苦强加给你
让我一人承受

就像我不奢求闻到你的香
可是海棠
仍要请你原谅

为了谱一首赞歌

木屐的脚印再次被黄沙淹没
寻不到半分痕迹的荒漠里
我是一粒前人埋藏已久的种子
分明是在花开的季节
我却要赶在下个脚印被吞没前
竭力将尸骨抛得远些

出 海（外三首）

鲍涛

苗族，1993 年出生于贵州天柱，2012 年毕业于江西南昌华东交通大学理工学院，现为复旦大学新闻学院传播学研究生。

出 海

（一）

我决定离开
上那条小小的船
趁大部分人都在熟睡
趁夜空里月儿半弯
我离开人海
融入黑暗跳上那条小小的船
不理会被我惊扰的人的呐喊

不理会那些试图把我留住的人的阻拦
我离开
去寻找那一片光明的天蓝

没有了人海的喧噪
我的生活孤独而平静
我的心灵自由且勇敢
即使有时候的波纹也触目惊心
即使有时候的海面也风平浪静
我看到一样的黑暗的世界
和我想象的不大一样
同一个有限的空间，历史用时间做了度量
有的活在了未来的历史里
有的活在了历史的未来里
而一场场暴风雨之后
整个黑暗开始变得透明
我看到不一样的人逃离了那片人海
朝着一个方向划着小船在茫茫海域

（二）

我的船在港口，我的心在远方
这里没有任何归属感
这里不值得我留恋
人们依旧沉浸在迷茫中自嗨
说出真相的是魔鬼
我决定出海，找回我自己

一定不是在喧闹的人群
那只是适合迷失的乐园

一颗种子已经醒来
听到了呼喊它的海浪
遥遥远方有未曾征服的澎湃
断了的桅杆可以替换
破了的船帆可以修补
死了的灵魂可以轮回
梦了的海洋不能远航
泊岸的船把命运给了锚
紧紧地把属于海洋的自己
在无风无浪中和陆地撕扯
做不了说真相的恶魔
做不好说谎言的天使
黑趁着黑夜的光隐了
我的玫瑰死了
还有花盆和土壤

（三）

人们在安全居所向往
美丽的海洋
那美丽的仅仅是海湾
因为在生活的世界
这里美丽又安全
他们可以享受地来踩沙滩

可以对未曾到过的人们说
是的，我见过美丽的大海

人们看到我在海边
蓝蓝的天空，蓝蓝的海
白白的海鸥送来咸湿的风
凉爽整个燥热的沙滩
我所处的是美丽的海湾
可我是越走越远
远离了人群，走向海洋
人们看到我出了海湾
一个榜样的故事流传
可海洋的宽广我能看到多少
那遥远的地平线有太阳
太阳下面
有风暴和黑暗

我不怕
地球在转
它用一个白天换另一个白天
我那孤独的船
在黑暗风暴中翻了又翻
我不怕
死亡于我是上帝的恩赐
我用我的生命抵达

带笑的安娜

早
雾、大自然
今天是一个好天
迷迷糊糊的人
醒来
看看天
天气定了
——清雾散去
浓雾可雨

带笑的安娜
她爱的世界
总天气晴朗

黑夜下看不清自己本来的样子

我穿着黑色的套子在丛林游荡
黑夜下看不清自己本来的样子

丛林是黑色的
丛林是黑色的
透过密叶的光出现黑夜
黑夜下看不清我的样子
眼睛是黑色的
眼睛是黑色的
通过密叶遮挡光的颜色
黑夜下看不清我的样子

我闭着黑色的眼睛在丛林游荡
黑夜下看不清自己本来的样子

三代人

（一）

养给堂哥结婚的猪
成了奶奶丧礼的肉
码留堂哥结婚的柴
成了奶奶丧礼的灰
不变的山水和田园
破旧的是百年祖屋
老去的是年轻的人
中年的父母长辈们

强壮的是少年的人
青春的兄弟姐妹们
长大的是小弟遗孤
可爱的后班辈孩子
四代人变成三代人
岁月给予生的生命
岁月挺直弯的脊梁
岁月压弯挺的脊梁
岁月夺走死的生命

（二）

我自打来到这世界
就注定和故土分离
让人牵挂不是土地
让人牵挂不是坟地
是刻在墓碑的名字
是在坟地永逝的人
劣毒病入文化的根
男人这生最远的路
从自己的娘家出走
回自己的娘家死去
女人这生最远的路
从自己的娘家出生
在男人的娘家亡走

百合花的故事（外二首）

龙胜

侗族，1994 年 3 月出生，贵州天柱人。曾就读于天柱二中，现流浪于广东汕头。喜欢运动和写作。

百合花的故事

岁月，请留下
留下一束
春天的百合花，让她
盛开在今夜
在我门前的银杏树下
也请不要告诉月光
让她继续安眠
今夜，我只想静静的听着
百合花的故事

关于她说的
那个夏天的故事

一叶云彩

你是一叶云彩
曾在我的天空停留
在一场大雨过后
或许说，是你
结束了一场大雨的洗劫
而我，在朦胧的梦里
依稀记得那一片灿烂的霞光
终于，一阵寒风将我唤醒
而此刻，星光灿烂
却已寻不到
那片梦里的阳光
或许，她就在天空的某个角落
嬉闹！

冬 天

在这雪梅盛开的季节
我什么也不想做
只希望一个人躲在漆黑的夜里
咀嚼笔与纸的寂寞
再点一首古老的歌
轻唱——

风雅颂

鞶鞶词（外六首）

刘思泉

贵州天柱人，道名三勉号清勉，正一玄裔道门弟子，师承太原北极宫刘罗鹏门下。

鞶鞶词

慈恩未散客檐家，蹀躞高明户富华。
自许清尘才咏絮，原生阆苑是仙葩。
偏今梦里牵奇缘，一块通灵美无瑕。
闺榻飞纱戏蠢雁，闲书偷看度昏斜。
潇湘结舍共诗赋，别墅传戈作笑夸。
夜宴怡红催更漏，棋盘泥落论新茶。
荷池雨打怜残叶，流水相知赴海涯。
几复春秋经从快，霎时冬夏换枝芽。
莺声燕舞焉还在，金玉姻成揭彩遮。

帘外丽灯与乐影，面珠拂拭洒寒鸦。
断肠销黯空劳念，蓄泪抛干枉自嗟。
气若游丝焚题帕，有情独恨化烟沙。
芙蓉香殁魂消陨，依旧常闻吟葬花。

无　题

台痕温润向高坡，云上弯弓射嫩荷。
掠起横塘栖白鹤，乌衣隐处有娇歌。
三更朱户初霄宴，数里闻声是笑多。
射覆分曹何足道，怡红翡绿竟奢磨。
经年混沌戏蝴蝶，四载春秋快如梭。
终究须时楼空去，章台走马念心罗。

镇远游咏

阔离稍久筑城居，客卧苗山半月余。
古韵荆蛮滇楚户，云台霄没赤霞虚。
群峰抱水天人合，阴浊阳清黑白鱼。
浑若金丹炉鼎练，劫量意守静中驱。
簪斜履破红尘路，明悟灵光大智愚。

临江仙·寄凯院故人

独坐幽篁嗟永夜，竟宵旧梦萦回。
直身穹顶日临窗。
渝江初见，谢院辩丛香？

陈迹应予随柳絮，凭君嫁作金风。
此当不再黯魂销，阔云真个，展翅化扶摇。

醉翁操·琴人自赋

焦桐，黄封，流泉。
正良宵，凭樽，纵了疏狂三千杯。
复鸣琴瑟清歌，修契吟。
恁个酒酣时，两盏明月相映圆。

古调渺渺，松下泠泠。
手挥万壑，余响惊山入涧。
猿揉疑声和啼，落雁离群酸嘶，高枝蝉乱。
平弦为神仙，曲奏付先贤，共游天上与人间。

重游云台山

急浪卷石痕，连雨洗阶尘。
古道风吹冷，空山更翠人。

客 至

野观有炊烟，蓬山迎忘年。
盘中无兼味，白石送筵前。
方饮樽余尽，来兴酒已残。
吾心难适意，与汝弄瑶弦。
独后原真性，居身爱自然。
纷华非我愿，浑噩卧林间。
藜口修康济，薇肠养活圆。
舒徐超物类，奔逸驾青鸾。
市道从不识，幽人昧世钱。
陋墙虽如洗，茅舍忍求全？
阳节看好景，阴时摘鲜妍。
旦平收玉露，暝色载灵泉。
他日流霞造，当邀共醉眠。

画堂春·夜山居（外三首）

刘光炎

贵州省天柱县人，1993 年生，现就读于贵州大学历史系。

画堂春·夜山居

竹间溪蔽小石潭，花径芳影盘桓。
阵清风夜露微寒，薄了衣衫！

虫鹂喧声渐静，谁知长月星繁？
管它山涧多风岚，梦转江南。

青玉案·初心

清风暗悼星辰落，恍春华，殇秋漠。
偏爱竟知无结果。
静女何方，美人彤管，凝望偷落寞。

不眠思慕余奈何，强颜欢笑徒纠葛。
度秒如年何堪乐？
层层心结，无人来解，苦了他乡客！

蝶恋花

闲置年华晴日困，冬风微冷，枯树落木纷。
云卷云舒终须别，人来人往谁情深？

何堪孤雁锦鲤沉，失了方寸，我意怎再问？
愁肠无待君追忆，匪我思存是路人。

满庭芳·春梦

静壑幽谷，蝶泉暗涌，翠林竹叶深溪。
前尘落木，柳下覆桃蹊。
黯道人之罕至，浅听闻、蛮唱莺啼。
微凉意，晴花映草，春露沾衣。

凄凄，方骤醒，惊觉一梦，恍叹长惜。
忘枕席烟霞，桃源水低。
时方溽暑已逝，秋风瑟、伤春不及！
冬又至，时光易走，韶华尽归西。

脚与颅

致那些曾现的棱角

张美丽

1992年9月生，贵州省天柱县人，毕业于贵州大学。浪人一个，愿世界在想象里自由不羁。

最近老是看到"棱角被磨平"一词，莫名对其展开研究。

首先，若棱角是360度长起来的，用360度的球面将其层层包围和打磨，磨着磨着都会剩下一个球体。从球体圆心出发的每一条射线都对应一个极小边角，那又多出了多少个角？再者，若不是圆磨，那磨块与磨块之间的缝隙还是棱角，那磨平的棱角岂不是产生了新的棱角？人世间的真理皆生于物，即便是经过大脑幻想加工也逃不出演变的包裹。

如果在若干被打磨过无数次的棱角块中，注入三氧化二铁，将它们变为山寨版扎眼的红宝石，再整合成假牙。人们都装备上这样的假牙，面对面的时候都露出闪亮的红宝牙，喀嚓喀嚓的。红宝牙耐磨度极佳，导致人们的下颌骨渐渐退化，智牙又咆哮而来。由于忍受不住智牙作祟，人们对地球上的植被进行惨绝人寰的啃食，一夜之间地表被啃为平地，放眼望去唯有珠穆朗玛峰还蠹立在棱角之巅，相传峰顶山洞里，一块长方形的石头吸日月之精华，竟风化成一盒含三氧化二铁的屁派牙膏，经此牙膏一刷，智牙便可升级为山寨版红宝牙。一大波红宝牙即将来峰，为夺取屁派牙膏，江湖上将迎来一场史无前例的浩劫。各类红宝牙厮杀，画面太惨不敢看。经过层层角逐，冠军终于产生，屁派牙膏的荣誉是属于他的。在各位失败者羡慕的眼光下，冠军举起牙刷，挤出牙膏，开刷了！所有人摒住呼吸一同见证这一历史时刻。智牙红了吗？呀卡卡，时间竟在这一刻停止，万众瞩目下，屁派牙膏居然在贴牙时刻，再受风吹，这一次过度风化的屁派牙膏竟成为无物不粘的 502 胶水。就这样冠军的红宝牙被粘在一起了。他自省着，闷喊着……棱峰山顶响遍他的悲切，他，再也不能咀嚼同类了。

噼里啪啦，此刻天空瞬间黑暗，飘散下雪白色的 PH=1 的酸雪。酸雪覆盖了大地，带伞的没带的，头大的头小的都一起在这雪花中雀跃。这种酸雪中含有中和三氧化二铁的化学物质，酸度势不可挡，万物都被泡蔫了，化作一抹泡沫，融合在一起。酸雪中还有另外一种物质，将大片雪红染成了绿色。

汪洋大海、树木山川、红宝人儿……都化作一潭绿沫，死寂般，激不起半点波澜。

日升日落，花开彼岸，几世轮回。突然有一天，那一潭绿沫竟动了起来，在一望无际的平原上立起了一个绿巨人，名曰：古古盘。他手上居然捏着冠军被 502 粘上的未被酸雪腐蚀的红宝牙。古古盘肩负重要使命：用 502 红宝牙将平地磨出新的棱角。于是古古盘就这样重复着同样的动作。直到有一天，他挖出一块百草化石，将石一饮而尽。默默的他不再是我们知晓的古古盘，现已更名为龙龙神。龙龙神拥有比古古盘更强大的力量，他不仅磨出了新的棱角，还将平地磨成了它原有的模样。看到自己的劳动成果，龙龙神喜极而泣，绿色的泪珠飘散在空中，落地皆成人。

一切的一，一的一切，万物似乎又恢复了它的本色。终究无药可救，任其漂泊？然再见磨平的棱角，不再感伤。

写哭了江湖

甘典湘

号"悟空道人",贵州天柱人,高中辍学,从事网络写作,创作累计千万字,于台湾出版繁体小说,曾占据台湾幻武销售榜第二十七名,网易云阅读上线作品点击累计千万。

是否还有人记得我常把古龙挂在口边,因为我最喜欢的作者便是古龙了,接触古龙,是从家里的一本《孤星传》开始,这本书并不出色,可以说是平庸之极。后来得知楚留香这位大名鼎鼎的侠客是古龙笔下的人物,便开始阅读《楚留香传奇》了,从此,也被这个拥有魅力的男人以及这个男人笔下的浪子们所吸引住。

浪子三唱,不唱悲歌。人世间,悲伤事,已太多。

至今还记得那一本《午夜兰花》,起初看不懂这本书的结局,再三反复细读,却是泪流满面,我也为此写下了一篇《楚地留香》。若说古龙的书,不如金庸的内涵,不如梁羽生的广阔,那也只是片面的。

古龙的书里从不提及人物背景,因为这个浪子,有着伤心的过去，一个支离破碎的家庭。

古龙书里的浪子们从来都是多情的，但却又是忧伤的，嗜酒的，豪放的。他，也是一个这样的浪子。

我一直认为，读不懂古龙，也就不配把江湖放在嘴上，这个孤独的浪子，以他独特的方式将"江湖"这两个字阐述得淋漓尽致，酣畅通透，甚至唯美……很多人都说古龙的书让他们热血沸腾，让他们重新振作，但我却没有感觉到这种书里的热血，我是一个爱文字的人，也算是一个作者，我感受到的，仅仅是一种深入骨髓的孤独罢了，或许，这就是古龙的孤独，亦是我的孤独。

他浪迹天涯，没有归处，曾在书里写——何处是天涯，天涯就在眼前，人就在天涯。这样一个浪子，就这么走上了江湖路，他左手持着酒杯，右手握着笔，脚下铺陈的是浩大的画卷，他就这么一边狂笑高歌，一边饮酒，一边书写，到了最后，写醉了江湖，也写哭了江湖。你若真想了解他，却只需捧一卷《多情剑客无情剑》或是《流星蝴蝶剑》，然后，坐在明月下，痛饮三百杯，那种深入骨髓的孤独，便会透出文字，将你深深包围。

他的孤独很简单，却又是最难解的，无药可解。自打走入这江湖的一刻，或许他便没有想过要回头，为什么要回头呢？他一直在江湖中寻找，用自己的笔点缀着这唯美江湖，寻找着一副能够治愈自己病根的药，而这病根，却是唤作寂寞……传说，这种病，需要用心上人的眼泪来煎熬。所以，古龙的笔下也就有了苏蓉蓉、林诗音、朱七七、白飞飞、水灵光。一个个鲜活的绝色女子在眼前走过，仿佛跨越过了千年的烽烟，自南海深处，驾一叶孤舟，抚一张古琴，轻轻弹唱，弹唱着他的寂寞与无药可医的孤独……

归去矣，岁月早已洒下了天罗地网，逃不掉的，不过是你我的孤独。

归去休，陌上花开，尚可缓缓酌呼？痛饮三百杯，难解的仍旧是你我的忧愁。

提笔罢！你先我一步离去，我却仍纸醉金迷在你的江湖中。于是，我也开始续写这一纸江湖，用我的生命去写，用我从你身上理解到的悲伤与孤独去写，用你的豪迈去写。先生呐，你塑造了这么多完美的人儿，但为何却不能给他们一个完美的归宿呢？我想，这是你豪迈当中深藏着的一丝尖酸与刻薄，亦是那些人给你留下的尖酸与刻薄。

当你写下那一句："点水之恩，涌泉以报，留你不死，任你双飞，生既不幸，绝情断恨，孤身远引，到死不见。"的话时，心里是掩藏着怎样的痛苦？看这本《武林外史》的人，是否知道那时发生在你身上的故事？很庆幸，我知道，我明了。

白飞飞呵，飞飞，飞去万里穿苍白云飘处，悠悠落下，凭白沾惹几缕风尘。

她是白飞飞，注定是一个一片空白的无梦之人，蝴蝶尚且飞不过沧海，她一介浮尘，怎能不去随波漂流？

是啊，沈浪！孤身远引，到死不见。这是我和你必须的结局。陌路，不应相逢。

这，是否是你我都想说出口，但却不能说出口，只能写下来的话？

就让我接过先生的笔，再将这江湖写哭一次罢……

万艳同悲

李红梅

女，1993 年出生于贵州天柱。2016 年毕业于贵州财经大学。

胡兰成说张爱玲是民国世界里的临水照花人。

"临水照花人"，近在咫尺，却像是水中的倒影，可观而不可触及，如影似幻。这该是怎样的一个女人拥有的怎样一种孤傲的姿势！

如果说每支笔下的人物，总有一个会带有作者的影子，那《红玫瑰与白玫瑰》里热情妖艳的红玫瑰和矜持、圣洁的白玫瑰，哪个是她？在她那些照片上，我们不难发现这个眉眼薄凉的女人，即使是在微笑也透着冷艳，那种冷仿佛是来自天上的"寒"，虽然说女人如花，但却没有哪种花能耐得住她的"寒"，更不用说与之相比拟了。

这个女人的冷，冷到让人心痛。她说，她只喜欢钱，因为她从小到大没有吃过钱的苦，只知道钱的好处，不知道钱的坏处。

她说，爱一个人爱到能伸手向她要零用钱的程度，那是一种考验。父母离异后，她就再也没有用过父母的钱——依赖亲情，她吃了亲情的苦。

后来，她爱上了一个看过他文章后慕名而来的男子。这个孤芳自赏的女人说"见了那个人之后自己便变得很低很低，低到尘埃里，然后开出花来，但心里却是欢喜的。"这个男人就是胡兰成。当时，胡兰成不仅是个已有一妻一妾的有妇之夫，而且是跟随汪精卫伪政府有名的文人汉奸。爱玲和他历经波折的婚姻只不过维持了两年——相信爱情，她吃了爱情的苦。

所以，她只喜欢钱，因为钱不会让她吃苦。而深情，则是她所承担不起的重任。

如果说张爱玲是来自天上的"寒"，那么林黛玉一定是活在梦里的"幻"了。

"两弯似蹙非蹙笼烟眉，一双似喜非喜含情目""娴静似娇花照水，行弱柳迎风"，无论怎么看，黛玉都使人觉得她是隔着一层烟波的，总是看得不真切，想看得更清晰一点，靠近却又怕不只吹散了烟，也吹散了烟中的人。

一个是阆苑仙葩，一个是美玉无瑕。她和宝玉本是天造地设地一对，却被王熙凤出的移花接木之计把宝钗许了宝玉，在宝钗成亲之际，黛玉万念俱绝，焚诗烧稿。她烧掉的，不止是宝玉写给她的诗，也是她的情，她的命。在《红楼梦》的第一回里便说过"绛珠仙草"降生人间，她是为了用一世的眼泪来报"灵石"的灌溉之恩。她的生，是为他。

黛玉年少丧母便来到贾府居住，虽贾母溺爱，却终究是寄人篱下，所幸有个宝玉跟她相爱相知相惜。一个无意于仕途功名，一个"从来不说经济仕途的混账话"。她知道宝玉待他是真的，但她还是"不放心"，不放心"上面那些人"，"外面那些人"，"底下那些人"。在她眼里，宝玉不只是青梅竹马的爱人，是说知心体己话的友人，推心置腹的爱人，还是她所期望的以后能让她不用再过"一年三百六十日，风刀霜剑严相逼"生活的靠山。可是，现在她的爱人、知己、亲人、靠山，全没了。她要把一切都烧掉，连同她的命一起烧掉。在咽气之前，她猛然叫喊道"宝玉！宝玉！你好……"说到"好"字时，便一缕香魂随风散了。一个"好"字，后面蕴含了多少含义，是"负心"，"薄情"，还是"狠心"？……恐怕连黛玉她自己也不知道后面的话该如何说下去了。为他而生，为他而死，为他伤春悲秋、牵肠挂肚十几年，其中的辛酸、苦甜，哪是一句话便能道尽的，心中的千回百转，所有的爱恨与不甘，竟都被一个"好"字给凝噎了。

"阆宛仙芭""美玉无瑕"终究成了"水中月""镜中花"。

我要说的第三个女人，是午夜里的一双哀愁、绝望的眼睛，她望着你，不动声色。安妮宝贝，正如她笔下所描述的人物那样——这是个从一开始就带着伤口和缺陷出现的女人。她用阴郁、沉重、充满着宿命的文字书描绘着一段段血腥的爱情。感情不能使她感到信任和安全，因为它不持久，不成形，所以不值得信任和依赖。但她又需要爱情来填补心中那个巨大的"伤口"，就像她所说的那样——有时候一个女人的寂寞是很脆弱的，这时候只要有一个男人向她伸出一双手，只要那个男人的手是温暖的，他是谁并不重要。

她需要爱情，而不是某一个人的爱情。在她早期的作品中，不断出现一个"林"的名字，这就是那个给她造成"巨大伤口"的男人的影子。爱之深，伤之深，这个男人毁了她，但同时又成就了她，让她在事业上得到了成功。这样的女子绝不是一般俗媚，娇美的花，更像是一株诡异的深色植物，即使在黑暗的角落里，也能散发出辛辣的气味。但又由于没有人懂得发现角落里的她，她又像一个衣着华丽却独自在夜间行走的人——锦衣夜行，那种孤独的感觉。

以阿桑的歌声为背景，看着安妮颓废的文字，充满创伤的声音和文字交汇在一起，缓缓地渗入你的血管，让你暂时放下浅薄的快乐和痛苦，心里仅存一片寂静。

有人说，聪明的女人值得同情，她们过于敏感，容易洞悉一切的真相，但却逃不出心灵的栅栏，对自身总是会有太多的自省，这样过于执着，对他人对自己都是一种伤害。所以聪明的女子大多薄命，除黛玉、阿桑外，机关算尽太聪明，反误了卿卿性命的王熙凤；沦落风尘却出淤泥而不染、怒沉百宝箱的杜十娘；驰名中外，却用一条丝袜结束了自己生命的作家三毛……又何尝不是如此？

生命的态度

袁琴

1992 年出生于贵州天柱。热爱文学，喜欢写作。

对于罗曼·罗兰的《名人传》，我懵懵懂懂，理解并不深刻。

初次读这本书，是被罗曼·罗兰的深沉语气所吸引，也体会到了生命的价值，人生的艰苦以及对悲惨命运的同情和悲悯。

再细读，我则被贝多芬的坚强，对悲惨命运的反抗，在贫穷和疾病的铁钻上的不屈不饶的精神所震撼。就像贝多芬说的那样：但愿那些不幸的人们，由于看到一个与他们一样不幸的受难者，一个不顾自然的阻碍，竭尽所能成为一个不愧为人的人，而得以自慰一样。贝多芬的身上有着高尚、善良的苦质，他希望自己的苦难经历能给予别的受难者以力量的精神，这也让我重新对自己是否重要有了深刻的认识，更加清晰的认识到生命的意义，人生存在的价值。

在这个浑浊、浮躁的社会里，我曾不只一次感到灵魂如荒草的窒息……但贝多芬的一句话，"人呀，应当自强不息，担当苦难"，使我陡然意识到，生命，又怎能因苦难而过于悲叹？和伟大作曲家贝多芬相比，我感到自己渺小如尘埃。

《名人传》中的另一位主人公——米开朗琪罗则是一个有着强悍生命力，生来就是斗争者、征服者的伟大人物。对于米开朗琪罗的生平，我有过太多的同情。他的一生总是从一个磨难转到另一个磨难，从一个主人转到另一个主人手下，教皇的凶残、人性的丑陋，一度让他矛盾不已……这些都让我深切感受到了米开美琪罗的无奈与痛苦，似乎，在疾病、苦难、人类的诋毁、命运的偏激当中，米开朗琪罗沉默了。

但，他真的沉默了吗？

不，就像鲁迅说的那样：不在沉默中爆发，就在沉默中灭亡！米开朗琪罗爆发了，而且一"发"不可收拾。生活的艰辛，家人的不理解，对手们的挑战和侮辱，造就了这位不朽的艺术家，米开朗琪罗用笔和纸在宽容与反抗之间，为我们塑造了不朽的杰作，解剖了华丽下的黑暗。

"在我们的心中，托尔斯泰只有一个，我们爱的是完整的一个他。"罗曼·罗兰对《名人传》中的托尔斯泰如是评价。诚然，用罗曼·罗兰的话来说，托尔斯泰的作品是"含有整个的伟大的人生的作品，反映着一个民族，一个簇新的世界的作品"，但对于托尔斯泰多少流露出的虚无主义、斯多葛主义、伊壁鸠鲁主义，坦率地说，我不是很认同。

透过罗曼·罗兰的笔端，我真正欣赏的是托尔斯泰的乐观主义。正如托尔斯泰说的那样，坚强的信心让我们拥有了和平的欢乐，让它伴随我走向生命的尽头。这种在苦难面前所保持的乐观、坚强的生命态度，读来着实令人深受感染。

因此，坚强地活下去吧，不管未来怎么样。

后　记

　　也许同是天柱90后的原因，我对家乡同龄群体的创作尤为关注，因此，编选一本纯粹意义上的县域90后文学选集，成了我近两年来的一个心愿。

　　2016年5月，我尝试用"互联网+众筹"的理念来运作这个选集：在个人微信公众号"问渠堂"开辟"天柱90后文艺现场"栏目，陆续推送近30期文艺作品，与此同时，通过微信公众号赞赏、"轻松筹"、微拍堂艺术品拍卖等多种渠道筹集出版资金。

　　值得庆幸的是，在此过程中，我们得到了社会各界热心人士的肯定和支持，大家的踊跃参与、慷慨解囊，增添了我们的信心和动力，也助推了选集的出版，而书画家师友们捐赠作品的古道热肠，更让我切实感受到了来自艺术含情脉脉的温度。令我受宠若惊的是，天柱籍著名作家、第十一届全国少数民族文学创作"骏马奖"获得者袁仁琮老先生以耄耋高龄，于百忙中抽空为选集作序推介。袁老对家乡文学发展所倾注的热情，以及对后辈们不遗余力的提点，让我感动不已。然而，由于某些方面的原因，选集一直未能如期面世，我更没想到，袁老竟于今夏溘然长逝，给我留下了难以释怀的遗憾。

　　几经调整，选集最终确定收录30位天柱籍90后作者的89篇（首）文学作品，可以说，地域色彩颇为浓厚。当然，限于编者的视野、水平，选集难免挂一漏万，有遗珠之憾，而收录进来的作品，也因作者人生阅历等客观因素，在艺术手法和精神层次上或多或少都还有待提升。好在，对文学的激情，使我们笔下的文字多了一份真挚，一份热烈，也多了一份徜徉于自我的自在与安闲。

关于本书的书名，我想作个简要的说明。所谓"清江"，实际上指的就是流经天柱县境内的清水江，而"嗯哨"则是打口哨的意思。可以说，嗯哨就是一种放诞不羁的发声，甚至带有某种非主流、不和解的味道，相对于当下文学的媚俗化倾向，这或许是我们最需要的一种文学态度。值得一提的是，嗯哨在古代亦称为"啸"，是魏晋文人名士旷逸任达的一种体现，曾风行一时。可惜，那一声从朦胧江雾中穿透而来的悠远而绵长的嗯哨，如今已成绝响。

我这样说，并不是要给选集增添某种"高大上"的趣旨，事实上，此次结集出版的初衷非常简单，即提升天柱90后文学青年的集体参与感，至于一些读者所说的"营造一个地域90后的文学磁场"，那已经是我们不敢去想、也无意去想的事情了。

姚源清

2016 年 09 月 13 日（一稿）

2017 年 06 月 29 日（修订）

特 别 鸣 谢

单 位

三都九仙糯窖酒厂

个 人

汤昌奎	刘秋屏	甘典江	杨牡丹	刘宗阳
潘德浪	文玉深	吴国雄	向　前	陆春晖
龚经松	陈润生	李尚山	吴胜发	唐金生